銀のなえし

鎌倉河岸捕物控

佐伯泰英

時代小説文庫

角川春樹事務所

目次

銀のなえし

鎌倉河岸捕物控

序章

寛政《かんせい》十一年（一七九九）蠟月《ろうげつ》、晦日《みそか》が近くなり急に寒さが増した。

江戸の空は鈍色《にびいろ》の厚い雲に覆《おお》われ、今にも白いものが落ちてきそうな気配だった。

この日、政次《せいじ》が赤坂田町《あかさかたまち》の神谷《かみや》道場の朝稽古《げいこ》を終えて金座裏《きんざうら》に帰ってくると、

「若親分、遅いぜ」

と独楽鼠《こまねずみ》の亮吉《りょうきち》が言いながら、手を引くように台所に連れて行き、一つだけ残った朝餉《あさげ》の膳に着かせようとした。

いつもより一刻《いっとき》（二時間）ばかり遅くなったのには理由《わけ》があった。が、亮吉はそれを聞こうともせずしゃにむに朝餉を食べさせようとした。

「亮吉、親分とおかみさんに挨拶《あいさつ》してくる、ちょっと待ってくれ」

そう言うと政次は居間に向かい、義父義母となった金座裏の宗五郎《そうごろう》とおみつに帰宅の挨拶をした。

「亮吉がさっきからちょろちょろと五月蠅《うるさ》いよ。なんぞ神谷道場であったか」

宗五郎の問いに、敷居際《しきいぎわ》に座った政次が、

「はい。ございました」

「なにがあった」

という問いは背中からした。

亮吉だ。

「珍しい道場破りが姿を見せました」

「ほう、赤坂田町の神谷丈右衛門《じょうえもん》道場に道場破りとはまた異《い》なことが。遺恨あってのことか」

「とは思えませんでした。中国筋のさる大名家に仕えていた武術家渡辺堅三郎《わたなべけんざぶろう》様と名乗られました……」

直心影流《じきしんかげりゅう》神谷道場は江戸でも名が通った道場で、道場主の神谷丈右衛門の技量、人格、識見ともに優れ、その人柄を慕《した》って多くの優秀な門弟が集まっていた。

それだけに神谷道場に道場破りに訪れようとするのは、よほどの腕自慢か、江戸不案内な者と判断された。

道場破りが訪れたのは朝稽古が終わろうという刻限だ。

渡辺は神谷の許しを得て、道場に通された。

丈右衛門が渡辺の風貌《ふうぼう》を見て、

「道場破りに参られたと聞いたが間違いござらぬか」

と問い質《ただ》した。

穏やかな両眼《りょうがん》が髭面《ひげづら》の中にあった。殺《そ》げ落ちた頬《ほお》は修行の賜物《たまもの》か。ほつれた道中嚢《どうちゅうのう》がただ一つの持ち物であった。羽織は草臥《くたび》れ、かたわらに置かれた大刀は塗りが剝《は》げていた。風貌からも持ち物からも旅の苦難が偲《しの》ばれた。

「間違いございません」

丈右衛門の問いに渡辺は短く返答した。

「なんぞ当道場に遺恨がござるか」

「いえ、そうではございませぬ」

「理由もなしとな」

丈右衛門に戸惑いが生じた。渡辺が魂胆《こんたん》あっての道場破りと思えなかったからだ。

「流浪の旅の末に江戸に到着致しましたが懐《ふところ》に路銀《ろぎん》の一枚もなく、知《し》る辺《べ》とてございません。古来、武芸者が銭を得るには道場にて一芸を披露するしかあるまいと、江戸で一番の道場はどこかと処々方々《しょしょほうぼう》を訪ね歩きました。その多くが赤坂田町の神谷丈右衛門様を名指し致しますゆえ参上致しました」

「草鞋《わらじ》銭稼ぎにうちをのう。道場破りはまかり間違えば死に至ることもある」

「はい、旅にも疲れましたゆえ敗北もまた望み」

「死にに来られたと申されるか」

「いえ、立ち合いなれば渾身《こんしん》の力で試合に挑みまする」

丈右衛門のやり取りを多くの門弟たちが左右の壁際に居流れて聞いていた。

「さてさてどうしたものか」

と丈右衛門は道場破りに目をやった。そして、ふいに末席にいた政次を見ると、

「政次、お相手致せ」

と命じた。

「畏《かしこ》まりました」

政次が立ち上がると渡辺は意外そうな表情で明らかに武士の稽古着とは異なる姿に目を止めた。

「見てのとおり、政次は町人にござる。じゃが、その腕前はうちの門弟の五指に入る。そなたを侮《あなど》ってのことではない」

「承知仕《つかまつ》りました」

渡辺堅三郎は持ち物と大刀を摑《つか》むと道場の隅に行き、試合の仕度をなした。

政次は渡辺が仕度を整える間、道場の反対側の壁際に控えた。

渡辺が襷《たすき》を結び、政次を見た。

三十歳前かと政次は渡辺の年齢を推測した。

「道具は袋竹刀《ふくろしない》、勝負は一本、よいな」

と告げた丈右衛門が、

「渡辺どの、政次を負かされた暁《あかつき》にはうちの看板料として切餅《きりもち》一つ（二十五両）を進呈致

す。それでよろしいか」

「十分にございます」

「ならば存分な立ち合いをなされ」

袋竹刀を選んだ二人は道場の真ん中に進み、正座して礼を交わすと立ち上がった。双方が進み出て間合い一間半で足を止めた。

相正眼《せいがん》、互いが袋竹刀を構え合った。

渡辺堅三郎のそれは堂々としたものだった。だが、政次は渡辺の五尺七寸の体になにかが不足しているのを感じていた。対決する者が醸《かも》し出す、
ぴーん
と漲《みなぎ》った力に欠けていた。

（なぜであろうか）

政次の脳裏を雑念が過《よ》ぎった。

その瞬間、渡辺堅三郎が乾坤一擲《けんこんいってき》、怒濤《どとう》の攻めを見せて間合いを詰め、政次の面に鋭い打ち込みを行った。

政次は一瞬対応が遅れたがなんとか面打ちを弾《はじ》き返した。

その間合いのままに双方が面に肩口にと連続して打ち合った。

互角の攻防が続いたがすぐに政次が攻勢をとった。渡辺の力が急に抜けていた。

そのことを感じた政次は頃合を見て後ろに跳び下がり、間合いをあけた。

渡辺堅三郎は荒く肩で息をついていた。

だが、それを悟られぬように再び一気の攻めを見せた。

政次はじっくりと渡辺の動きを見て、袋竹刀を跳ね返し、肩口を軽く叩いた。すると渡辺がつんのめるように道場の床に倒れた。

「勝負あった！」

丈右衛門の声が響き、政次が一、二歩引いて正座した。

倒れた渡辺は一瞬悲しげな視線を虚空《こくう》にさ迷わせ、座に戻った。

「さすが江戸で名高き神谷道場、それがしの及ぶところではございませんでした」

丈右衛門に言い、政次に会釈を送った渡辺が持ち物のところに戻り、それを抱えて道場から辞去しようとした。そのとき、丈右衛門が、

「渡辺どの、暫時《ざんじ》奥に来られよ」

と命じた。


「……亮吉、そんなわけで帰りが遅くなったのだ」

と政次が説明した。

「そんなことはどうでもいいがよ、その道場破り、強いのか弱いのか。若親分の説明じゃあ、定まらねえや」

「どうだ、政次」

と宗五郎も尋《たず》ねた。

「三本勝負なれば一本あるいは二本取られていたかと思います」

「どういうことだい、若親分」

「亮吉、渡辺様はこの数日満足な食事を摂《と》っておられなかったと思えるのだ。腹にも力がためられぬ状態で、ようもあの面打ちを送り込まれた」

「なにっ、腹を減らしての道場破りか」

「そういうことだ」

「呆《あき》れたな」

と感想を述べた亮吉に続いて、宗五郎が言った。

「政次、渡辺さんと申されるお方と竹刀を合わせる機会がこれからもありそうだな」

「親分、また道場破りに来るというのかえ」

「亮吉、神谷先生が奥に呼ばれたのだ。事情を聞かれ、しばらく道場に滞在せぬかと申し出られたと思うがな」

「なんだ、そんなことか。政次、いや、若親分の朋輩《ほうばい》が一人増えたってわけか」

と納得した亮吉が、

「ささっ、若親分、彦四郎《ひこしろう》としほちゃんが鎌倉河岸《かまくらがし》で待ち草臥れているぜ、早く朝餉を食べてくんな」

と急がせた。

第一話　荷足《にたり》のすり替え

一

金座裏《きんざうら》から鎌倉河岸《かまくらがし》に、政次《せいじ》と亮吉《りょうきち》の二人が駆けつけると船着場には、すでに彦四郎《ひこしろう》としほの姿があった。

「遅れてすまねえ」

独楽鼠《こまねずみ》が顔の前で手をひらひらさせながら謝った。

「御用か」

背丈六尺を優に超えた彦四郎が舫《もや》い綱《づな》を外しながら悠然と聞いた。

「御用じゃねえや、若親分の帰りが遅れたんだ」

と亮吉がまず猪牙舟《ちょき》に飛び込んだ。

猪牙舟が揺れた。政次は船縁《ふなべり》を押さえて揺れを止め、舟を押し出した後、ひょい

と軽やかな身のこなしでしほのかたわらに乗った。

「待たせたな、しほちゃん、彦四郎」

「その代わり、面白《おもしろ》い話が聞けるぜ」

と亮吉が政次に喋《しゃべ》るように催促《さいそく》した。

政次は道場での出来事を再び友に話す羽目になった。

「朝からえれえ目にあったな」

彦四郎が竿《さお》から櫓《ろ》に替えて言った。

「渡辺様にはどんな事情がおありなさるんでしょうか」

しほも自問するように呟《つぶや》いた。その膝《ひざ》には刺し子の膝《ひざ》掛けがかけられてあった。

「まあさ、なんにしてもよかったぜ」

「なにがいいの、亮吉さん」

「そうじゃあねえか、他所《よそ》の道場に腹っぺらしのまま飛び込んでみな、今頃、骸《むくろ》になって転がっているかもしれねえんだよ。神谷道場でさ、相手が政次、じゃねえ、若親分だからよかったものの、まかり間違えば命に関《かか》わっていらあ」

「亮吉、おれたち四人のときは政次、亮吉でいいんだよ」

と政次が哀願するような顔付きで言った。

「そうか、政次でいいのか」

鎌倉河岸裏のむじな長屋で育った政次、亮吉、彦四郎は幼友達だ。だが、政次は金座裏の宗五郎の後継に決まり、手先としては先輩の亮吉が政次を、

「若親分」

と呼ぶ関わりに変わっていた。

「しほちゃん、師走《しわす》に休みがよくもらえたな」

亮吉の関心は次に移っていた。

「もうそろそろ白酒の仕込が始まり、奥の酒蔵では戦のような慌《あわただ》しさになるんだけど、大《おお》旦那《だんな》が半日くらいのんびりしてこいと休みをくれたの」

しほは鎌倉河岸で名代《なだい》の酒問屋豊島屋《としまや》の看板娘だ。

「そうか、白酒造りの季節か」

彦四郎が答え、一石橋《いっこくばし》を潜《くぐ》って日本橋川《にほんばしがわ》へとぐいっと漕《こ》ぎ出した。

相変わらず曇天《どんてん》の空で今にも雪が降りそうな天気だが、風がないのが救いだった。

「昼はなにを食うかな」

「亮吉さんたら、まず浅草寺《せんそうじ》にお参りして羽子板市の見物に行くの。いきなり飲み食いはしないわよ」

「寺参りは年寄り臭いしよ、羽子板市なんぞは女子供のものだ。飲み食いが先だと思うがな」

「亮吉、おまえだけそうしな」

彦四郎にいなされて、

「ちぇっ、飲み食いなんぞ大勢でわいわいやるから楽しんだ。一人で食って飲んでなにが楽しいものか」

と亮吉がぼやいた。

だが、心置きなく冗談《じょうだん》が言え、腹蔵《ふくぞう》なく話せるのも友達だからだ。

いつもの年ならば師走に入り、火付けや押し込み強盗が流行《はや》り出すのだが、今年はまだその兆しは見られなかった。

いつも以上に混み合う日本橋の下を潜り、江戸橋に向かった。すると魚市場から景気のいいせりの声が響いてきた。

正月用の鯛などを探して、御城の賄人《まかないにん》や料理屋の板前たちが竹籠《たけかご》を持ってうろつく姿も見られた。だが、しほの目は荒布橋《あらめばし》の石垣の上に咲く山茶花《さざんか》の赤に奪われていた。

しほは膝掛けの下に持参していた画帳と絵筆を出して、墨《すみ》一色で写生を始めた。しほの絵は絵師について修業したわけではない。が、独学でかたちを整え、今や鎌倉河岸の女絵師とも呼ばれていた。

「しほちゃんはいいな、思い出を絵で残すことが出来るのだからね」

「あら、政次さんだってやろうと思えば出来るのよ」

「絵はからっきし駄目だ。紙から顔が食《は》み出したり、隅の方に縮こまってしまう。頭には人相が浮かんでも絵となるとまるで違うんだ」

「そう、政次の絵はひでえぜ。まあ、剣術《やっとう》のようにはいかねえな」

亮吉が猪牙舟の舳先《へさき》から決め付けた。

「亮吉さんたらひどいわ、政次さんの絵を見たことあるの」

「いつだか親分がおれたち手先に、その日番屋で見かけた掏摸《すり》の人相を描けと命じなさったんだ。なあにおれっちの人相描きは上手下手は関係ねえ、ちらりと見かけた男の特徴を捉《とら》えていればいいんだ。政次のは目も鼻もそれなりに似ているがよ、まとまると最悪だ。親分もおまえには絵だけは描かせねえと匙《さじ》を投げられたくらいだ」

「政次さんのはそんなにひどいの」

「あれ以上ひどい絵はない」

と本人が認めた。

「しほちゃん、人には向き不向きがあるのさ。しほちゃんには絵、政次は剣術、彦四郎は櫓の扱いだ」

「亮吉さんは」

「よう聞いてくれました。むじな長屋の亮吉様は世の武芸百般から遊びごと、森羅万象《しんらばんしょう》はいうに及ばずなんでも知らないものはねえ物知りだ」

「あら、亮吉さんが物知りだって」

と応じたしほが、続けて言った。

「そうね、亮吉さんが一番の物知りかもしれないわ。なんたって独楽鼠のように走り回っているものね」

「そういうことだ」

と亮吉が胸を叩《たた》いた。

「しほちゃん、下谷《したや》田圃《たんぼ》の鳳《おおとり》大明神の酉《とり》の市の帰りに亮吉がどこを訪ねたか教えてやろうか」

艫《とも》で櫓を漕ぐ彦四郎が言いかけ、舳先から亮吉が叫び声を上げた。

「やめろ、そんなこと言うのはよくねえ！」

「えらく慌《あわ》てたな、亮吉、どうした」

政次が合いの手を入れた。

「浅草田圃の酉の日には吉原《よしわら》は大門《おおもん》ばかりか脇門も開けて酉の市の客を呼び込むだろう。亮吉は酉の市もそこそこに吉原の脇門を潜って、物知りの種をお探しになったのさ。おめえ、あの日ばかりは金座裏に戻らずよ、おっ母《か》さんの待つむじな長屋に泊まったと親分に言ったな」

「なんでそんなことをしほちゃんの前でばらすんだ。しほちゃんがほんとうにするだろう」

「亮吉さん、御馴染《おなじ》みの花魁《おいらん》はなんというの」

「ほら、しほちゃんが真《ま》に受けたじゃないか」

川の上は冷たいが猪牙舟の中はなんだか温かな会話が飛び交った。

霊岸島新堀《れいがんじましんぼり》から大川《おおかわ》に出て永代橋《えいたいばし》を潜るとさすがに冷たい風が吹き付けてきた。川面《かわも》も白く波立っていたが彦四郎の櫓は確かに水を捉え、ぐいぐいと上流へと進んでいった。

彦四郎が猪牙舟を止めたのは吾妻橋《あづまばし》際の知り合いの船宿花扇《はなおうぎ》だ。

大川に架かる永代橋、新大橋、両国橋、千住大橋《せんじゅおおはし》、そして、吾妻橋を五大大橋という。

この吾妻橋はもっとも新しく架設された橋で、安永《あんえい》三年（一七七四）に浅草花川戸《はなかわど》の家主伊《い》右衛《え》門《もん》と下谷竜泉寺《りゅうせんじ》町家主源八《げんぱち》が幕府に出願し、私財を抛《なげう》って造られた橋だ。

花扇はその橋のかたわらにあった。

しほは花扇の船着場近くの石垣に止められた荷足船と船頭の様子を見るとはなしに見ていた。

「おや、彦四郎さんかえ」

花扇の女将《おかみ》お秀《ひで》が船着場から婀娜《あだ》な姿で出迎えた。

「女将さん、羽子板市を見物に来たんだ、猪牙を止めさせてくんな」

「あいよ。親方も女将さんもお元気かえ」

「うちは変わりねえや」

「なによりだ」

しほは船着場に立つお秀の容貌や髷《まげ》の形、着物の柄などをぱあっと目に焼き付けた。

「よし、繰り出すぜ」

亮吉が案内し、お秀の、

「行ってらっしゃいな。帰りにはうちで茶でも飲んでいきな」

という見送りの言葉を受けて、一同は広小路へと歩いていった。

羽子板破魔弓《はまゆみ》は浅草橋北詰の十軒店《じっけんだな》や浅草茅町《かやちょう》が有名だったが、この年の瀬、浅草寺境内でも開かれるというのを亮吉が聞きつけてきて、四人が打ち揃《そろ》って出てきたというわけだ。

　まず浅草寺の本堂にお参りをと思ったが、すでに参道の左右の仲見世では羽子板が売られ、景気のいい手締めの音が響いていた。

　そんな混雑の中、本堂にお参りした四人は金座裏、豊島屋、それに彦四郎が働いている船宿の綱定《つなさだ》に破魔弓を買った。

「さてどうする」

　とこのときを待っていた亮吉が言い出した。

「亮吉さんには思案がありそうね」

「よく聞いて下さいました、しほちゃん」

「おめえの狙《ねら》いはどこだ」

　彦四郎も聞いた。

「西仲町《にしなかちょう》に天ぷら屋が新規に開業してよ、評判をとっているそうだ。なんでも白魚《しらうお》の掻揚《かきあ》げとかいうのがうめえらしい。行ってみねえか」

「屋台店か」

　彦四郎が聞いた。

「屋台店じゃねえや、座敷もあるという話だ」

　彦四郎が政次としほに、

「行ってみるか」

と聞いた。

「亮吉はその気だ、この期《ご》に及んで駄目とは言えないな」

「私、白魚の掻揚げ食べてみたい」

と衆議一決して、四人はまた仲見世の雑踏に入っていった。

江戸に天ぷら屋が現われたのは安永の頃のことだという。大田《おおた》南畝《なんぽ》も安永三年にこう書き残している。

「四方《よも》の赤良《あから》(南畝)左に盃をあげ、右にてんぷらを杖つきて……」

それは屋台店の串揚げのようなものであったろう。だが、時代が進むに連れて、素材も多彩になり、料理茶屋風の天ぷら屋も出現していた。

亮吉は広小路を横切り、浅草東仲町の路地に三人を連れ込んだ。西仲町は東仲町の南に位置していた。

亮吉のいう天ぷら茶屋の南蛮庵《なんばんあん》は小体《こてい》の構えながら二階屋で、路地から石畳が曲がりくねって玄関先まで延びていた。

「私たちには奢《おご》ってないかしら」

しほがそのことを気にした。

亮吉がぽーんと胸を叩いて、

「しほちゃん、ご心配あるな。おれが姐《ねえ》さんに聞いてある」

「聞いてあるってなにを」

「だからさ、若親分がさ、財布を持っているということよ」

「おやまあ、呆《あき》れた」

「呆れたもなにもそんなわけだ」

　苦笑する政次をよそに、

「ささっ、しほちゃん、入ったり入ったり」

　と亮吉が先頭で南蛮庵の玄関にかかった暖簾《のれん》を分けた。

「いらっしゃいまし」

　男衆が出迎え、値踏みするように若い四人を見た。するとすかさず亮吉が、

「番頭さん、金座裏の若親分とご一行だ。初めてだがよろしく頼むぜ」

「おや、金座裏のご一統《いっとう》にございましたか。お見それしました」

　と番頭が二階座敷に案内してくれた。

「酒を四、五本と名物の天ぷらだ。掻揚げは入れてくんな」

　と亮吉が仕切り、四人はほっと一息ついた。

「亮吉、どこで聞き込んだ」

「この天ぷら屋のことか」

「むろんそうだ」

「吉原の馴染みがさ、わちきも天ぷらというものが食べとうござんすと客から聞いた話をしてくれたんだ」

とうっかりと彦四郎の誘いに乗った亮吉が慌てて口を押さえた。

「亮吉、もう遅いぜ。しっかりとしほちゃんは聞いたとよ。花魁の名はなんだえ」

「糞《くそ》っ、おめえの誘いにうかうかと乗っちまったぜ」

仲居が酒を運んできた。

亮吉が、

「こうなりゃあ、食い気と飲み気だ」

と熱燗《あつかん》の徳利《とっくり》を手にして、

「あっちちちい」

と一人で大騒ぎした。

供された天ぷらは鯊《はぜ》や季節の野菜の天ぷらで見た目にも鮮やかな上に、胡麻《ごま》油で揚げてあるので匂いが香ばしい。

「美味《おい》しそうだこと」

「掻揚げは最後だそうだ」

亮吉が酒を飲み飲み、椎茸《しいたけ》を食べて、

「こりゃあ、美味《うま》い」

と叫んだ。

「おれはさ、椎茸が生臭くて駄目なんだよ。でもさ、こう揚げてあるといくらでも食べられるぜ」

「政次、亮吉の推奨《すいしょう》にしては当たりだな」

彦四郎も満足そうだ。

しほは酒に一口つけただけで杯を伏せ、天ぷらを食べながら、男たち三人が酒を飲むのを見ていた。そして最後にご飯と、白魚と小海老《こえび》の掻揚げを食して満足した。

中座した政次は金座裏、綱定、豊島屋に持ち帰りの天ぷらを頼んで、支払いを済ませた。

一行はほろ酔いの亮吉を真ん中にして南蛮庵を出た。

八つ（午後二時）時分か。

「さて花扇に戻ろうか」

広小路に出たとき、天からちらちらと白いものが落ちてきた。

「いよいよ降り出したぜ」

彦四郎が曇天《どんてん》の空を仰いだ。

「寒いわけだぜ」

と首を竦《すく》めた亮吉にしほが言った。

「亮吉さんが寒いのは一人で酒を飲んで、それが醒め始めたからよ」

「おれは金座裏に戻りついた頃合、素面《しらふ》に戻るように量を加減しながら飲んでいるからね」

「ああ言えばこう言う独楽鼠さんね」

吾妻橋の船着場に戻ったとき、船頭の怒鳴る声が川岸から響き渡った。

荷足船《にたりぶね》の船頭のようだ。

「おれの荷足をすり替えやがったな。さあっ、どこにやった、おれの船をよ！」

「おい、因縁《いんねん》をつけちゃあいけねえぜ。おまえさんのほうこそうちの船着場に勝手に止めていって、船がすり替えられたと吐《ぬ》かすのか」

今にも拳《こぶし》を振り上げかねないのは花扇の船頭の龍吉《たつきち》だ。

「どうしたえ、龍《たつ》さん」

彦四郎が長閑《のどか》な声で聞いた。

「荷足船の船頭がさ、うちの船着場にときどき船を舫《もや》うのは承知していたが、まあ、お互い商いだ。うちでも黙って放っておいた。そしたら、船を勝手に長いこと繋《つな》いでおいて戻ってきたと思ったら船が違う、すり替えたかと文句を付け出したんだ。よその船着場に勝手に止めておきながら船をすり替えたとは、なんて言い草だと言い返したところだ」

龍吉が彦四郎とも荷足船の船頭ともつかずに言った。

荷足船の船頭は、

「船を止めたといっても一寸《ちよつと》の間だ」

と言い返した。その騒ぎに、

「どうしたどうした」

と、花扇の主の鉄七《かねしち》とお秀も姿を見せた。

「船頭さん、船がすり替わっているというのは確かですか」

政次が初めて口を開いた。亮吉がすかさず、

「船頭さん、こちらは金座裏の政次若親分だ。よくよく確かめて答えねえな」

と言い足した。

二

「へえっ」

と答えた船頭が、

「菰《こも》包みの荷はよく似ていますが、船も違えば荷も違う」

と言った。

政次は艫板に鉄砲洲《てっぽうず》日吉丸《ひよしまる》と薄れた文字を読み取っていた。

その荷の上を雪が白く染めていく。

「荷はどこのものです」

「東仲町の仏具問屋の加賀屋《かがや》さんで」

政次が亮吉を見ると、亮吉は合点《がってん》だとばかり飛び出していった。

「船頭さん、おまえさんの名はなにと言いなさる」

「荷足問屋の川浪《かわなみ》の多助《たすけ》で」

「川浪は越中島《えっちゅうじま》の問屋さんだねえ」

「へえっ」

荷足問屋は江戸湾に到着した弁才船《べざいせん》、樽廻船《たるかいせん》、檜垣廻船《ひがきかいせん》などの荷を江戸府内に散らばる河岸まで運び揚げる沖仲士の組合だ。多助は川浪の船頭だという。

「多助さん、船を止めたのはいつのことだ」

「わっしが船をここに止めて東仲町まで走って知らせる間、つい最前《さいぜん》ですよ」

「冗談を言っちゃいけねえぜ」

と荒らげた声を上げたのは龍吉だ。

「朝の間からうちの船着場に止めていたじゃないか」

「おりゃ、そんなことはしねえ」

二人の船頭が再び睨《にら》み合った。

言い争う二人の頭にも雪が止まって消えた。

しほは記憶の底からある光景を引き出すと黙って画帳に筆を走らせた。

「まあまあ、ちょいと二人して落ち着いて下さいな」

と政次が丁寧《ていねい》な口調で割って入ったとき、亮吉が加賀屋の番頭の照蔵《てるぞう》を連れて戻ってきた。

「お騒がせ申します」

と浅草東仲町で大店を構える番頭は花扇の鉄七とも政次ともつかず頭を下げた。

「番頭さん、事情は聞かれたな。荷を検《あらた》めていいかえ」

政次の言葉に照蔵がさあっと荷を見て、

「うちの荷ではございません」

と即座に答えた。

「えらくはっきりしていなさるがどうして言い切れるね」

「うちの荷は加賀国金沢《かなざわ》の本家から送られてくるものにございまして菰包みも厳重ならば、〇の中に加の字の印がございますので」

亮吉が荷足船に飛び乗ると懐に入れていた小刀で縄目を切った。

「あっ、荷主さんの許しを得なければ……」

と多助が慌てたが亮吉は縄ばかりか菰を切り破り、穴を開けると手を突っ込んで引き出した。引っ張り出されたのはどうみてもぼろぼろの古着だ。

わあああっ
と多助が驚愕《きょうがく》の叫びを上げた。

照蔵の顔色も変わった。

「加賀屋さん、おまえ様の荷は仏具だねえ」

「はい」

と押し殺した声で答えた照蔵が、

「此度《こたび》の荷は幸龍寺《こうりゅうじ》さんに納《おさ》める金無垢《きんむく》の仏像と仏具、金箔《きんぱく》など入っておりました」

「金目のようだねえ」

「何百両もの値打ちものですが、それだけではございません。仏像は何年がかりで加賀本店に頼んだ品、納める期日が迫っております」

それを聞いた荷足船の船頭多助がぺたりと船着場に腰を抜かした。

「どうやら荷が荷船ごとすり替えられたのは間違いないところのようだ」

「うちじゃああありませんぜ」

と龍吉が手を振った。それに頷き返した政次が多助に念を押した。

「おまえさんが船を止めたのはつい最前のことだねえ」

へたり込んだ船頭ががくがくと頷いた。

「龍吉さん、おまえさんは朝の間から荷船が止められていたと言いなさる」

龍吉が返答する前に多助が、

「嘘《うそ》だ、そんなことはねえっ！」

と叫び返した。

龍吉がなにか言いかけるのを政次が制したとき、

「確かに私たちがこちらに着いたとき、この船はあっちの石垣のところに舫われていたわ」

としほが画帳を見せた。そこには、

「鉄砲洲日吉丸」

とかすれた文字で船名が書かれた荷足船と、ひょろりとした体付きの船頭が活写されていた。船頭の法被《はっぴ》の背に、んだ。


「江戸七《えどしち》」

と名も入っていた。

「ほうれ、見ろ。止まっていたろうが」

龍吉がしほの絵を覗《のぞ》き込んで胸を張ると、その声に多助が走り寄ってきて絵を覗き、叫んだ。

「船頭はおれじゃねえぞ」

「だが、船はこの船じゃねえか」

龍吉が言い返し、政次が、

「この荷船のすり替えは加賀屋さんの荷を狙って巧妙に仕掛けられたんだ」

と言い切った。

「大変にございます」

と加賀屋の番頭が店へと走り戻ろうとするのを、政次が引き止め、

「番頭さん、此度の荷の送り状が届いていましょう。そいつを用意しておいて下さいな」

と命じた。

照蔵は頷くと船着場から河岸へとよたよた走り上がった。

さらに政次は、しほと彦四郎に向かって言った。

「しほちゃん、彦四郎、二人は金座裏に戻って親分に今の経緯《いきさつ》を告げておくれ。越中島の川浪にも知らせてほしいと親分に申し上げるのだ」

「承知した」

しほが土産の天ぷらの包みと破魔弓と一緒に猪牙舟に乗り込んだ。

彦四郎が竿《さお》を手にして、

「花扇の親方、女将さん、飛んだ災難だが金座裏の若親分がこうして乗り出したんだ。安心して任せなせえ」

と言いおくと、亮吉が猪牙舟の舫いを解いた。

「しほちゃん、なんでもいい。この絵の他に覚えていることがあったら絵に残しておいておくれ」

政次の言葉に、しほが頷《うなず》くと、亮吉が猪牙舟の船縁《ふねべり》を押し出した。

「花扇の親方、女将さん、面倒にございましょうが店先をお貸し下さい」

と政次が頼んだ。

「そんなこと構うこっちゃあねえが」

と鉄七が顔を傾《かし》げた。

「親方、おまえさんの不審はよ、金座裏の宗五郎《そうごろう》親分にこんな大きな倅《せがれ》がいたかってことだろう」

亮吉がずばりと鉄七の胸中を言い当てた。

「九代目には確かにこんなでけえ倅はいねえ。だがよ、古町町人《こまちちょうにん》の呉服屋松坂屋《まつざかや》の手代《てだい》として奉公していた政次さんを松坂屋の隠居の松六《しょうろく》様と九代目が話し合われて譲り受け、この度、目出度《めでた》く養子縁組をなされて、ゆくゆくは十代目を継がれることに決まったんだ。よろしく頼むぜ」

亮吉がお披露目《ひろめ》までしてくれた。

「どうりで御用聞きの親分にしては言葉遣《づか》いが丁寧だと思ったよ」

「親方、この言葉遣いに騙《だま》されちゃいけねえぜ。赤坂田町《あかさかたまち》の直心影流《じきしんかげりゅう》神谷丈右衛門《かみやじょうえもん》様の門弟で、剣術の腕は抜群だ」

「亮吉、駆け出しの宣伝はそのくらいで十分だ。皆を花扇さんの宿先にお連れしないか」

「へえっ、若親分」

亮吉が答えたとき、
わああああっ
という泣き声が響き渡った。

陥った苦境に慟哭《どうこく》を上げたのは多助だ。それを抱えるように助け上げたのはさっきまで言い合っていた龍吉だ。

「金座裏が乗り出したんだ、おまえの荷をすり替えた野郎を逃がすことはねえぜ」

政次は関わりのものを花扇の店先に集めた。

「亮吉、まずは加賀屋の荷の中身を知ることが先決だ」

「よしきた」

と独楽鼠が走り出した。

「多助さん、おまえさんは荷の中身を承知しておられましたか」

「おれは荷足の船頭だぜ。どこどこに運べと言われて運ぶだけだ、そんで相手の受け証を貰って仕事は終わりだ。荷の中身なんぞ知るものか」

「今日の手順を話してくれませんか」

「手順だって、朝からか」

「はい」

政次は多助の気持ちを鎮めるために朝からの行動を喋《しゃべ》らせることにした。

「朝一でよ、越中島の川浪から荷を積んで神田川を上がり、市谷御門《いちがやごもん》近くで薬種《やくしゅ》問屋に荷を届けたぜ。相手は田町の唐国屋《からくにや》だ。そんでよ、いったん越中島に戻り、昼飯に蕎麦《そば》を二杯手繰《たぐ》ってよ、この荷を届けに出たんだ」

「だれから命じられましたな」

「だれからって川浪の番頭の宇平《うへい》さんだ」

「そのとき、宇平さんと二人だけですか」

「おまえさん、川浪を知らねえな。大勢の船頭がよ、朝舳先《へさき》を並べて宇平さんからのその日の手順の命を待つんだ。荷も多ければ、人も大勢だ」

「宇平さんは大声で指図されるわけですね」

「船頭相手の商売だ。番頭といっても人足頭《にんそくがしら》のように怒鳴ってよ、指図をしなさるぜ。だからよ、おれたちもぼやぼやなんぞしてられねえんだ」

「宇平さんはおまえさんにどう指図なされた」

「どうって」

としばらくその光景を思い出すように考えていたが、

「川浪八番船、船頭多助、朝一は田町の唐国屋、昼荷は浅草東仲町仏具問屋加賀屋様って、叫ばれたっけ」

「仕事の手順はどうです、昼荷からの手順で結構です」

「おりゃ、川浪の奉公人といっしょに菰包み七つばかり積み込んだ。一つだけが大きくてよ、梱包《こんぽう》が厳重だったぜ」

「いつも一人船頭ですか」

「これだけの荷のときは助っ人が一人乗るものだが、なにしろ大晦日《おおみそか》が近いや。荷が多くて川浪じゃあ、二人船頭は組めねえんだ」

「荷積みの船着場にはだれでも近付けますね」

「天下の往来に堀端だ、水の上も河岸にも人がいらあ」

政次は、朝の宇平の手配りから荷の中身を推量して狙いをつける見張りがついていたと考えていたのだ。

加賀屋の仏具は値が張ると睨《にら》んだ見張りが先回りして吾妻橋に別の荷足船を用意し、時を待った。

昼過ぎ、多助の荷足船が花扇の船着場に着いた。

なにも知らない多助は、加賀屋に荷の到着を知らせに行き、船を離れた。そのわずかな空白の時間に荷足船ごとすり替えられたというわけだ。

「若親分、加賀屋の旦那だ」

羽織を着た加賀屋の当主十左衛門《じゅうざえもん》が真《ま》っ青《さお》な顔をして亮吉に案内されてきた。

「うちの荷がなくなったというのはほんとうのことで」

「どうやら荷積みから狙いを定めてこの船着場ですり替えられたと思えるのです」

「なんてことが」

十左衛門は呆然自失《ぼうぜんじしつ》とした顔でしばらくものも言わなかった。

「幸龍寺さんから年内に納めて下さいと何年も前から何度も念を押された仏像でございます。すぐに代わりをというわけにはいかないもの、えらいことになりました」

「すまねえ、旦那」

と多助が土下座をして頭を土間に擦《す》り付けた。

「多助さん、そんな真似《まね》はよしねえ」

と亮吉が抱え起こすと、十左衛門が花扇の上がり框《かまち》にぺたりと腰を落とした。そして、ふと気付いたように、

「金座裏が出張ったというのはほんとうですか」

と政次に聞いた。

「はい」

「どこに宗五郎さんはいなさる。宗五郎さんと話したい」

「旦那、おれたちは偶々《たまたま》この騒ぎに行き合わせたのだ。政次さんはゆくゆくは金座裏十代目を継がれる若親分だ。言うことがあれば若親分に話してくれまいか」

　と亮吉が執《と》り成した。

「わたしゃ、宗五郎親分に話したい」

　十左衛門は頑《がん》として聞き入れようとはしなかった。

「加賀屋さん、今、人を走らせておりますが、親分が来られるまでにはちょいと時間もかかりましょう」

「ともかくうちの荷をなんとかこの年の内に取り返して下さいな。私はこの足で幸龍寺さんに参ります」

　そう言うと十左衛門はせかせかと表に出ていった。

「政次さん、加賀屋の旦那は、いつもはああじゃないんだが、今度の一件で取り乱しておいでなさる、気にしないで下せえよ」

　と鉄七が言った。

「いえ、宗五郎の代わりは務まりません。加賀屋様がお考えになることは当然です」

　にこやかに政次が答え、

「亮吉、私たちはしほちゃんが目に留めた船頭と日吉丸が、この河岸にいつから止まっていたか調べようか」

「そうだな」

二人は、その場に船頭の多助を残して外に出た。

雪は霏々《ひひ》として降っていた。

七つ（午後四時）の刻限というのにすでに吾妻橋界隈を夕闇が覆《おお》っていた。

二人はしほの絵を持って河岸界隈を聞いて回った。すると橋番をはじめ何人かが、荷足船の日吉丸が朝の四つ（午前十時）時分から花扇の船着場界隈にいたのを目撃していた。

どうやら花扇の船頭に見咎《みとが》められないようにちょこちょこと移動させていたようだ。

船頭はしほが記憶していたひょろりとした男であった。橋番は年の頃、四十過ぎと見ていた。その上、多助が荷足船を花扇の船着場に止める四半刻《しはんとき》（三十分）前に猪牙舟が来て、日吉丸の船頭と何事か話すのを見ていた。だが、橋番は二隻の荷足船がすり替えられた現場は見ていなかった。

二人が花扇に戻ると金座裏から徒歩で駆けつけた宗五郎、それに八百亀《やおかめ》ら手先たちが到着していた。

「飛んだ羽子板市になったな」

宗五郎が政次と亮吉に言葉をかけた。

頷き返す亮吉は花扇のお秀が絵に見入っているのを認めた。

「そっくりだよ、おまえさん、見てご覧な」

お秀が鉄七に見せたのはしほが帰りの舟で描いた絵で、河岸に立っていたお秀の婀娜姿だ。

「金座裏には女絵師までおられますかえ」

鉄七が感心したように聞いた。

「まあ、うちの絵師のようなもんだ」

と苦笑いした宗五郎が、

「川浪には彦四郎の猪牙で常丸《つねまる》たちが行っている、おっつけ番頭かだれかが姿を見せよう」

と政次に言った。

「親分、橋番をはじめ何人かがしほちゃんの描いた船頭を見ております」

と政次が聞き込みの結果を事細かに報告した。

そこへ蓑笠《みのがさ》の拵《こしら》えも厳重な常丸に連れられた川浪の番頭宇平が駆けつけてきた。その肩から頭には白い雪が纏《まと》わりついていた。

「番頭さん、えらいことをやっちゃったよ」

さっきからしょぼんとしていた多助が縋《すが》るように宇平を見た。領き返した宇平が、

「どちら様にも迷惑をお掛けいたしました」

と深々と腰を折って詫《わ》びた。多助も慌てて真似をした。

「番頭さん、事情は聞いたかえ」

「へえっ、舟の中で親分のお手先から」

「ただ今のところ越中島の船着場から網を張られていた風だ。この船頭さんが選ばれたのは偶々《たまたま》値の張る荷を積んだからのようだ」

「親分、主《あるじ》とも相談しましたが金子《きんす》で解決できるものならばうちでも相応のことはやるのが商人の務めと考えが纏まりました。ですが、何年来の仏像となるとどうにも手のうちようがございません。金座裏のお力に縋るしか手はないのでございます、なんとか年内にすり替えた野郎をふん縛《じば》ってくれませんか」

「大つごもりまで五日か、ともかく走り回ってみよう」

宇平は加賀屋に詫びに行きたいと言った。

「加賀屋の旦那がおれに会いたいそうだ、一緒に行こうか」

と答えた宗五郎が政次を見た。

「親分、すり替えられて残った荷足船の持ち主は鉄砲洲河岸日吉丸とあります。私はその筋を追ってみます」

「ならば彦四郎の猪牙で常丸と亮吉を連れていけ」

と宗五郎が許しを与えた。

金座裏の一統は二手に分かれることになった。

「親分さん、番頭さん、おれはどうしようか」

と多助が情けない声を上げた。

「おまえさんは私と一緒に加賀屋さんに行くのです」

とぴしゃりと宇平が言い、多助がぺこりと頭を下げた。

三

「ひでえ降りになったぜ」

彦四郎が政次らを迎えて、言った。

「鉄砲洲に行きたいが大丈夫か」

「亮吉、下《くだ》り舟だ、櫓は大丈夫だが寒いぜ」

「御用だ、仕方ねえ」

彦四郎は菅笠を被り、蓑を纏っていた。

「いいな、おまえはよ」

と言いかける亮吉に彦四郎が答えた。

「綱定に寄ってよ、蓑笠を用意してきた。おまえのもあるぜ」

「さすがに彦だ」

猪牙舟の舟底に何組かの蓑笠があった。亮吉が、

「若親分の分だ」

と政次に渡した。

二人が綱定の蓑笠を纏っている間に明かりを点《とも》した猪牙舟はすでに川の流れに乗っていた。

その背から雪混じりの風が吹き付けてきた。

もはや川面には往来する舟の姿は少なかった。

「おれはよ、加賀で仏具仏像が造られるなんて初めて知ったぜ」

「加賀国は京との交流が頻繁《ひんぱん》と聞いたことがある、京の仏像造りの技が加賀に伝えられていてもおかしくあるまい。加賀屋の本店は金沢だ、京よりは注文がしやすかろう。それに金箔は加賀の特産だ」

常丸が亮吉に答えた。

「それにしても荷足船ごとすり替えるなんぞは大胆だな」

「兄い、おれも考えた。師走のことだ、急に金のいる野郎が考えたねえ」

「いや、違うな。こいつは思い付きの仕事じゃねえ。策士がいて背後で何人もの連中を操っているんだ」

常丸が、黙って二人の会話を聞く政次を振り見た。すると政次が、

「私もそう思います」

と短く答えた。

「新たな金箔はどこでも捌《さば》けようが、真新しい金の仏像なんて買い手があるものか」

亮吉が疑問を呈した。

「市場に出せばすぐに足がつく。一方で江戸は広《ひれ》えや、寺で仏像が欲しいというところもねえではあるまい。だが、ここは上方《かみがた》に荷を運ぶと見たねえ」

「そいつは大がかりだ」

「だから言ったろう。策士が控えているって」

鉄砲洲河岸に猪牙舟が着いたとき、四人は雪塗《まみ》れだった。それでも蓑笠が着物や肌に染みるのを防いでくれた。

彦四郎を猪牙舟に待たせ、政次ら三人は河岸に上がった。

雪は草履《ぞうり》の跡をつけるほどに降り積もっていた。

この辺りは元々砂州《さす》が広がっていたところを埋め立てた地で、諸々の職や商いが混在していたが、中でも纏まっていたのが薪炭商《しんたんしょう》に材木屋だった。

「船問屋は鉄砲洲に一軒しかねえぜ」

彦四郎が佃島《つくだじま》への渡し場近くに駿河屋《するがや》があると教えてくれた。その駿河屋はすでに大戸を閉ざしていたが、通用口を亮吉が叩くと臆病窓《おくびょうまど》がすぐに開いた。

「金座裏の宗五郎の手先だ、ちょいと知恵を貸してくんな」

しばらく相手は答えず探るような目付きで見ていた。

「おれは手先の亮吉だ。若親分も一緒だよ」

笠の縁を上げて顔を見せた。

ようやく通用口が上げられた。

軒下《のきした》で蓑笠を脱いだ三人が店に入った。

広々とした土間に暖気があった。まだ番頭ら数人の奉公人が帳簿を付け合わせている。

また手代たちが土間の一角で品揃えをしていた。

駿河屋は江戸湾に出入りする千石船《せんごくぶね》などの碇《いかり》や綱、帆布《はんぷ》など用具を取り扱い、また食べ物や水、薪炭を売るのが商いだ。

そんな物品が天井の高い土間の端に積んであって、その中から注文の品を揃えているのだ。

戸を開けた奉公人に代わり、上がり框に出てきた番頭が加蔵《かぞう》と名乗り、応対する様子を見せた。

「こんな雪の中、いったいなんですねえ」

「仕事中に相すみませんね、この絵を見てほしいのでお邪魔しました」

政次は、しほが描いた荷足船と船頭の絵を広げた。

「おやまあ、日吉丸が描かれていますよ」

「ご存じですか」

「ご存じもなにもうちの荷船でねえ、三日も前にこの菰の荷ごと盗まれたんで。荷は上方から富沢町《とみさわちょう》の古着問屋に運ばれてきた木綿《もめん》物の古着ですよ」

「盗まれたことを自身番に届けられましたか」

「昨日届けて富沢町にはうちが弁済することで話が進んでます」

「この船頭に覚えはございませんか」

「さてね、鉄砲洲では見かけない顔だね」

と加蔵は帳簿付けの手代たちを呼び集めた。だれも知らないと答えるのを聞いて政次が、

「この法被にある江戸七に心当たりはありませんか」

と聞いた。すると加蔵が、

「江戸七は佃島の白魚漁の網元です」

と説明し、

「金座裏のご一統、一体全体なにがうちの日吉丸に起こったんです。ただ見付かっただけにしては物々しい」

と問い質した。

「おっしゃるとおりわけがございましてねえ」

と政次が荷足船ごとのすり替え事件の概略を伝えた。

「いやはや驚きました。それで分かったこともある」

「分かったとはなんですねえ」

「自身番にうちの日吉丸が盗まれたと届けたとき、鉄砲洲から本芝河岸にかけて荷足船が何隻も同じ目に遭《あ》っていると言うんですよ。町役人も土地の親分も、古い荷足の綱だ、綱が切れて波に流されたんじゃねえかと暢気《のんき》なことを言っていましたがねえ」

「この界隈の書役《かきやく》はだれですねえ」

自身番とは、

「毎町辻にあり、広さ九尺に二間を定制とすれども、今は庇《ひさし》にかけて二間ばかりもあり、

毎町大同小異なり。自身番は町内の家主、常に交代してこれを守る。また事ある時、会合してこれを議《ぎ》す。また官の下吏追捕《ついぶ》の罪人、まずここに繋いで罪状を問い、凡《すべ》て公用・町用の場とする設け……」

と『近世風俗志』にある。

この自身番の親方が書役だ。

「半造《はんぞう》って男ですが今の刻限なら番屋《ばんや》におりましょう」

という番頭の答えに政次が、

「日吉丸は調べが済み次第お返しします。そのうち半造さんを通じて知らせが参りましょう」

と丁寧に応対した。

「雪の中、ご苦労にございますな」

加蔵の労《ねぎら》いの言葉を背に三人は再び蓑笠を身に纏った。

鉄砲洲の自身番は駿河屋から一丁ほど南に下った船松町《ふなまっちょう》にあって、そこだけが雪の通りに明かりを投げていた。

「御免《ごめん》よ」

亮吉が自身番の狭い土間に身を入れて、

「金座裏の宗五郎のところのもんだ。若親分も一緒だがねえ」

と用件を述べた。

すると書役の半造がこの界隈で頻発しているという荷足船の盗難届けを見せてくれた。それによると日吉丸を含め、都合五隻の船が行方《ゆくえ》を絶っていた。

亮吉が捕物帳に控えた。

三人は雪の船着場に戻った。

「様子は分かったかえ」

彦四郎が河岸で足踏みしながら待っていた。

「およそのところは分かったぜ。五隻の荷船が盗まれていやがった。そのうち三隻が積み荷ごとだ。まだ荷足船すり替えは当分続くということだ」

「どうするね、これから」

彦四郎の問いに政次が答えた。

「彦四郎、ご苦労ついでに佃島に渡ろうか。網元の江戸七さんだ」

「あの法被は佃島の江戸七のものか」

すでに渡し船は終わっていた。船の往来もない鉄砲洲から佃島へと猪牙舟は向かった。

芯《しん》から冷え切った政次ら四人が金座裏に戻ってきたのは五つ（午後八時）過ぎの刻限だ。すでに宗五郎親分以下八百亀ら大勢の手先たちが居間に続く大広間に顔を揃えていた。

「ご苦労だったねえ」

そう労ったおみつが、

「政次、湯が沸《わ》いていらあ。四人でまずは体を温めてきねえ」

と男所帯を仕切る伝法《でんぽう》な口調で命じた。

「それがいい」

と宗五郎が口も利《き》けない様子の四人を内湯に追いやった。

古町町人の金座裏は内湯を持っていた。それも男四人がたっぷり入れるほどの大きさの湯船だ。

四半刻後、生き返った表情の四人が居間に戻ってきた。すると居間には酒が出ていた。

「湯に酒か。雪も悪くねえ」

と亮吉が早速徳利に手をかけた。

それを尻目《しりめ》に、政次が手際よく鉄砲洲の駿河屋と自身番で聞き込んだこととの報告を始めた。

「佃島に回りましてございます」

「なにっ、この雪中、佃島に猪牙を回したか。彦四郎、無理を言ったな」

宗五郎は、手下でもない綱定の船頭に謝った。

「親分、なかなかの降りだねえ、いくら櫓を漕いでも猪牙が進めないや」

彦四郎は金座裏の手下ではないが、捕り物には欠かせない足の猪牙舟の船頭だ。綱定の親方大五郎《だいごろう》も御用のあるときは優先的に金座裏に彦四郎を貸し出してくれたから手先の一員といえなくもない。

「親分、佃島の江戸七では網小屋から、法被数枚の他に網、竹籠、菰、縄などかなりなものを盗まれていました。ですが、どれもが換金も出来そうにない使い古しのもので届けはしてございませんでした」

「そやつらが第二第三のすり替えを企んでやがるということだろうよ。およその様子は分かった」

と宗五郎が答えてから言った。

「東仲町の加賀屋だがな、幸龍寺では金の仏像の江戸到着を待って新年早々に仏像開眼法《かいげんほう》会《え》の日取りも決まっているそうで、寺からなんとか見つけ出せと強いお叱《しか》りを受けたそうな。川浪の番頭と一緒に寺に行き、ともかく数日の余裕を貰ってきたところよ」

「仏像以外の荷の値はいかがですか」

「政次、金箔が結構な量送られてきていた。仏像を入れて、七百両に及ぶそうだぜ」

「川浪ではそれを一人の船頭に任せましたか」

「いくら師走の忙しい中とはいえちょいと手を抜き過ぎたな。船頭の罪だけにするには可《か》哀想《わいそう》だ」

「はい」

と答えた政次がようやく前に置かれた茶碗酒を口に持っていった。

「親分、若親分、明日からの手筈《てはず》だが二手に分かれようと思うがいいかえ。一組は大川《おおかわ》から堀端に鉄砲洲界隈で盗まれた荷足船を見つける。もう一組は川浪など荷足問屋の警戒だ」

と金座裏の老練な手先頭ともいうべき八百亀が言い出した。

宗五郎が頷いて許しを与え、政次を見た。

「八百亀の兄さん、佃島沖辺りに帆を休める帆船を当たるのも一つの手かと思います」

「若親分、荷が上方に流されるというわけだね」

「はい。私が荷足問屋と佃島沖は回ります」

「若親分、ならばおれが稲荷《いなり》やだんご屋たちと大川両岸を見て回ろう」

と八百亀が言い、手筈を終えた。

稲荷とは稲荷の正太《しょうた》のことで、だんご屋とはだんご屋の三喜松《みきまつ》のことだ。二人とも金座裏の手先だ。

「八百亀、明日早々にも寺坂《てらさか》の旦那に相談して御用船を都合してもらおう」

「へえっ」

「彦四郎は政次、常丸、亮吉の組を頼もう。大五郎親方にはおみつに断りに行かせる」

「あいよ」

彦四郎がまるで金座裏の手先のような顔で言うと、おみつが、

「遅くなったが夕餉《ゆうげ》を始めようか」

と待機していた下女に膳を運ぶように命じた。

翌朝、雪は未《いま》だ降り続けていた。

江戸の町は白一色だ。

「おい、彦四郎、考えたな」

龍閑橋《りゅうかんばし》際の綱定で彦四郎と落ち合った政次、常丸、亮吉の三人は猪牙舟を見て、仰天した。

猪牙舟は簡単な苫舟《とまぶね》に改装されていた。その上に手あぶりまで用意されていた。彦四郎が雪の捜索に少しでも楽なようにと考え、手を加えたのだ。

「朝早く起きて、兄いたちの手を借りて屋根を付けたんだ。どうだ、これなら楽だろう」

彦四郎が胸を張った。

「彦四郎、おまえはやっぱり友達だ」

亮吉が真っ先に苫葺《ぶ》きの下に入り、

「これは極楽だぜ」

と叫んだ。

「彦四郎、苦労をかけたな」

政次が、一人だけ雪風に身を晒《さら》す船頭の友を気遣った。

「おれはよ、川風に慣れてらあ、心配いらねえよ」

と答えた彦四郎の漕ぐ猪牙舟で、まず越中島に向かった。

越中島の荷足問屋の川浪は昨日の事件の余波とこの雪模様に仕事が止まり、店から船着場まで、全体が意気消沈していた。

「番頭さん、船頭の多助さんはどうしてますねえ」

常丸がまずそのことを気にした。

「長屋に戻すとなにをやらかすか分かりません。旦那も当分お店に住ませて目を離すなとおっしゃってますよ。二階部屋で仲間といますがねえ、昨日から飯粒ひとつ口にしてないんで」

「それはいけねえな。おれっちがなんとかすり替え野郎をふん縛るからよ、多助さんも気をしっかり持てと伝えてくんな」

亮吉がまるで親分にでもなったように答えたものだ。

この日、政次たちは越中島から深川にかけて点在する沖仲仕の手配店や荷足問屋を訪ね、荷船のすり替え事件に十分気をつけるように警告して回った。

昼を過ぎて雪が小降りになり、風も静まった。

そこで彦四郎と相談の上、佃島沖に碇を下ろした弁才船や廻船を回って怪しげなものはいないか調べて回ることにした。

だが、これが至難《しなん》の業《わざ》であった。

猪牙舟は川舟だ。

風が静まったとはいえ、海上にはうねりが残っていた。

それに霜月《しもつき》、師走は多くの廻船が江戸に集中する時期でもあった。

それは秋に穫《と》れた年貢《ねんぐ》の新米を江戸に運んできた帆船で、これらの船が荒れた天候が静まるのを待っていたからだ。

「若親分、きりがねえな」

亮吉がぼやいた。

「彦四郎が頑張っているんだ、手あぶりを抱えた独楽鼠が泣き言いってどうなる」

と政次は相手にしなかった。

その夕暮れ、雪は止《や》んだが再び風が強くなり、探索は危険だった。日没とともにいったん金座裏に引き上げることになった。

政次たちを第二の荷足船すり替え事件が待ち受けていた。

四

「政次、常丸、亮吉、雪の中、ご苦労だったねえ」

と労《ねぎら》ったおみつが、

「心配していたすり替え事件が起きたよ。それもうちのお膝元だ。楓川《もみじがわ》の新場橋《しんばばし》だ、新右衛《しんえ》門町《もんちょう》の小間物屋山科屋《やましなや》さんの荷がやられたそうな」

と事件を告げた。

「いつのことです」

「なんでも今から一刻（二時間）ほど前のことだよ」

ということは暗くなりかけた七つ（午後四時）過ぎのことだ。

「おっ義母《か》さん、私どもも新場橋に参ります」

「そうしておくれ」

政次ら三人は一石橋際に待機していた彦四郎の猪牙舟に戻り、亮吉が、

「彦よ、出し抜かれた！」

と新たな事件発生を知らせた。

「乗りねえ」

「彦四郎、場所はすぐそこだ。おまえは一日、寒さに体を冷やしていたんだ、これで上がれ」

と政次が友の身を案じたが、彦四郎は、

「若親分よ、こんな寒さくらいにへこたれる彦四郎様じゃねえや。まあ、乗りねえ、新場橋まで送っていこう」

と三人を再び猪牙舟に乗せた。

「おめえも馬鹿だな、こんで上がってよ、豊島屋でしほちゃん相手に名物の田楽《でんがく》で熱燗でも飲んでいりゃあいいものをわざわざ付き合うとはよ」

と独楽鼠がからかった。

「鎌倉河岸が極楽なのは承知だが、半端《はんぱ》なままにおっぽり出されるのもなんだか気分が悪いや。亮吉、行きたけりゃあ、おめえ一人猪牙をおりろ」

彦四郎が応じると、

「熱燗に田楽か、おれがおまえの立場なら文句なくそっちを選ぶがよ、おれは金座裏の手先だ。そうもいくかえ」

と亮吉が遠ざかる鎌倉河岸の方向をちらりと見た。

猪牙舟は雪の降り止んだ日本橋川を一気に滑るように走って、江戸橋の先から南へ曲がり、楓川に入った。

楓川は日本橋川と八丁堀の間、長さおよそ六百六十余間、川幅は広いところで二十間、狭いところで十一間あった。

この堀には海賊橋《かいぞくばし》、新場橋、越中橋、松幡橋、弾正橋《だんじょうばし》が架けられていたが、事件が起こったのは二番目の橋だという。

政次らが到着したとき、新場橋には御用船が到着して北町奉行所《きたまちぶぎょうしょ》定廻同心《じょうまわりどうしん》寺坂毅一郎《きいちろう》が出張っていた。だが、その付近にいたのは北町の小者《こもの》は別にして手先の広吉《こうきち》だけだ。

「若親分、親分は山科屋さんにおられるよ」

「ご苦労だな、広吉」

「すり替えられた船頭が行方をくらましたんでよ、稲荷の兄いたちがこの界隈を手分けして捜しているところですよ」

「なにっ、船頭も一味か」

「亮吉兄さん、そうじゃねえや。何百両もの荷を盗まれたってんで動転してよ、行方を絶ったんだ。親分が、寒中の水にでも飛び込むといけねえってんで捜しているところだ」

「船頭の荷足問屋はどこだ」

政次が聞いた。

「霊岸島新堀《れいがんじましんぼり》の早船屋だ」

広吉の答えを聞いた亮吉が言った。

「若親分、おれは船頭の捜索に関わろうか」

「そうしてくれるか」

と政次が彦四郎を見た。

「若親分、言うには及ばずだ」

楓河岸に政次と常丸を残した彦四郎の猪牙舟は再び舳先《へさき》を転じていた。それを見送った二人は新右衛門町の山科屋を訪ねた。すると表口から南町《みなみまち》奉行所の鑑札《かんさつ》を持つ御用聞《ごようき》き、常盤町《ときわちょう》の宣太郎《せんたろう》が手先らを連れて姿を見せた。

「常盤町の親分、ご苦労に存じます」

と政次が腰を折って老練な御用聞きに挨拶した。

「おまえさんか。金座裏は松坂屋よりも居心地《いごこち》がよさそうだねえ。十代目に決まったそうだが、女相手の商いとは違う、せいぜい頑張りな」

と吐き捨てた。

「常盤町の、余計なことだぜ。それよりおまえさんの頭の上の蝿でも心配しねえ」

常丸が政次の代わりに応じた。

「常丸、この師走に蝿がいるものか」

「いやさ、常盤町はなんだか懐が妙に温けえというからさ、冬場だろうがなんだろうがぶんぶん飛んでいるという話だぜ」

出入りの商家から金をせびると評判の宣太郎に皮肉を言ったのだ。

「なにを！」

と宣太郎の手先が常丸に突っかかろうとした。

「御用が先だ、常丸兄い」

と政次がいなして一枚だけ開けられた戸口から店に入った。さすがに小間物屋の店先だ。白粉《おしろい》の匂いがして、なんとなく華やかだ。だが、店先にいる人々の顔色は重く沈んでいた。

「親分、遅くなりました」

「政次か、心配していたことが起こった」

義父でもある親分に頷き返した政次が、

「山科屋の旦那様、飛んだ災難にございましたな」

と山科屋長右衛門《ちょうえもん》に見舞いの言葉をかけた。

「おおっ、これは政次さんか。師走も押し詰まってえらい目に遭《あ》いましたよ。盗られた荷は新年の初売りの荷です、笄《こうがい》、簪《かんざし》、櫛《くし》、紅、白粉に煙草《タバコ》入れ、紙入れの上物新物ばかり、値も張ります。金子を盗られたのなら奉公人一同が頑張って働けばなんとか取り戻すことはできます。ですが、初売りの品がございませんじゃあ、商人の面子《メンツ》に関わります。松坂屋さんに奉公したおまえ様なら、よく私の気持ちが分かっていただけますな」

「お察し申します」

老舗の呉服屋松坂屋の手代だった政次は小間物屋の主の長右衛門とも顔見知りで出入りを許されていたのだ。

「金座裏にもお願いした。政次さんや、なんとかさ、品を取り戻しておくれな、このとおりだ」

と長右衛門が頭を下げた。するとかたわらにいた早船屋の主の伍平《ごへい》が上がり框から立ち上がって、腰を折り、頭を下げた。

「山科屋の旦那様、早船屋さん、お顔を上げて下さいな。こうして北町の寺坂様も陣頭指揮をなされておられます。私どもも走り回り、なんとしても年内にけりをつけとうございます。しばらく時間を貸して下さい」

と政次のほうも願った。

「若親分、常丸」

金座裏の手先頭ともいうべき八百亀が二人を店の片隅から呼んだ。

事件の概要を説明するためだ。

「八百亀の兄い、ご苦労にございます」

「海は荒れ模様で寒うござんしたでしょう」

と互いに労いあってから、八百亀が言った。

「手口はちょいと違う。早船屋では二人船頭で荷を新場橋まで運んできた。そこで主船頭の安吉《やすきち》が山科屋さんの店先まで荷の到着を知らせに行った。荷船に一人残った船頭の吟次《ぎんじ》のところへ山科屋の手代風に装った男が、上方訛《かみがたなま》りでちょいとお店までと呼びに来た。この界隈で上方訛りのお店者《たなもの》はそうはいないや、山科屋さんの本店は京、奉公人が京訛りで品を扱うことは知られていた。それでつい油断した吟次は船を離れた」

「すり替えられた船は残ってましたか」

「それがふざけてやがる。吾妻橋際で金の仏像と一緒に盗まれた川浪の船だ」

「くそっ」

と常丸が吐き捨てた。

そこへ先ほど別れたばかりの亮吉が飛び込んできた。

「親分、早船屋の船頭が箱崎町《はこざきちょう》の蔵地の河岸際で首を括《くく》っているのが見付かったぜ」

ああああっ
と悲鳴を上げたのは早船屋の伍平だ。

寺坂が、

「金座裏、悪党どもめ、とうとう死人まで出しやがったぜ。なんとしてもこやつらを暴き出してふん縛れ」

と厳命し、宗五郎が頷いた。

月光が、凍りかけた残り雪にすっぽりと覆われた江戸を蒼《あお》く照らしつけていた。御用船と彦四郎の猪牙舟は楓川を出ると日本橋川を東に下った。南茅場町《みなみかやばちょう》の大番屋に首を吊った船頭の吟次の亡骸《なきがら》が運ばれてきていた。

船着場に二隻の船が着き、寺坂や宗五郎らが御用船から河岸に上がった。

早船屋の主も悄然《しょうぜん》と従っていた。

「親分」

と政次が宗五郎を呼び、何事か話しかけた。しばらく話し合っていた二人だったが宗五郎が、

「おまえの考えどおりに動きねえ」

と許しを与えた。

船着場から彦四郎の猪牙舟だけが再び離れた。

「若親分、どちらに舳先を向けるね」

彦四郎が聞いた。

「彦四郎、寒いのにご苦労だが一晩付き合ってくれ」

「そんなことはどうでもいいぜ」

「楓川に戻りだ」

「合点承知だ」

彦四郎の六尺を優に超えた長身が鞭《むち》のようにしなり、櫓が凍るような水をぐいぐいと捉えて楓川に戻っていった。海賊橋を潜り、事件のあった新場橋を過ぎ、さらに越中橋の下に差し掛かった。

山科屋の初売りのための品を積んだ荷船は楓川の南へと漕ぎ去られたのが目撃されていた。無論、この川筋は何度も八百亀らが捜索して回っていた。政次は自分の目で荷船が去った川筋を探索しようと宗五郎の許しを得たのだ。

「ふざけた野郎たちだぜ」

亮吉がすでに炭の消えた手あぶりの側から吐き捨てた。

視線は左の伊勢《いせ》桑名《くわな》藩《はん》の上屋敷の背後を見ていた。

その界隈は俗に八丁堀と称して南北両町奉行所の与力同心《よりきどうしん》が大勢住む町だ。そのかたわらで大胆なすり替えが発生したのだ。

亮吉の言葉に答える者はいなかった。

苫葺きの猪牙舟は松幡橋、弾正橋を潜り、八丁堀との合流部に差し掛かった。

「若親分、どっちに舟を向けようか」

彦四郎の問いに、政次の答えは迷いがなかった。

「八丁堀を左だ」

「あいよ」

政次は海へ向かうように指示した。

「常丸兄さん、亮吉、私たちが佃島沖から戻るとき、海は荒れていたね」

「ああ、結構大変だったな」

常丸が答えた。

「値の張る荷船をまんまとせしめた連中がこの荒天の海を乗り出すと思いますか」

しばし常丸も亮吉も答えなかった。

「つまり若親分はよ、すり替え一味が海に大船を浮かべて塒《ねぐら》を構えていると見たんだな」

「加賀金沢の金箔やら京の下り物の小間物など値の張るものばかりを狙っている。その品を捌《さば》く先を考えたら、やはり上方かと考えたんだ」

「それに首を括った船頭の吟次を呼び出したお店者は上方訛りで釣り出したそうな。一味はこの師走に一稼《ひとかせ》ぎしようと上方から江戸へ出張っているのかもしれませんね」

と常丸も答えた。

「兄さん、何百両もの盗品を載せた荷足船をこの荒れた夜の海に漕ぎ出すのは剣呑《けんのん》だ。夜のうちはどこかへじっと隠れ潜んで、明け方、海が静まるのを待って、塒の船に戻るのではと考えたんです」

「若親分、一晩彦四郎の舟で夜明かしするのも乙《おつ》だぜ」

亮吉が賛同した。

「よし、八丁堀を下った鉄砲洲本湊《てっぽうずほんみなと》河岸に舟をつけよう」

と彦四郎が即座に提案した。

「頼もう」

政次が即座に応じた。

そこからならば大川を下ってこようと八丁堀から現われようと、もっと南の堀を回って沖に止めた船に戻ろうとしようと、見張ることができた。

彦四郎はたちまち八丁堀を下ると稲荷橋を最後に潜り、本湊河岸に舟をつけた。

「徹夜だ。なんぞ温かいものでも買ってくるぜ」

と彦四郎が河岸に上がろうとするのに政次が紙入れを渡した。

四半刻後、どこでどう都合をつけたか、彦四郎は大徳利に酒と茶碗、それに味噌の香を漂わせた鍋を提《さ》げて戻ってきた。

「うまいことに上燗屋《じょうかんや》の親父に行き会ってよ、買い占めてきたぜ。徳利や鍋は明日返しに行くことで話をつけた」

上燗屋とは辻売りのおでん屋のことだ。夜の町を、

「おでん燗酒、甘いと辛《から》い。あんばいよし！」

と売り声を上げながら流して回るのだ。

「彦、うちの名前を出していめえな」

「亮吉、おまえじゃねえや、そんなとんちきをするものか。綱定の船頭としか名乗ってねえよ」

亮吉はどこぞの河岸で夜が明けるのを待つすり替えの一味のことを気にしたのだ。

彦四郎も苫の下に入ってきて茶碗が回され、酒が注がれた。煮込んだ豆腐、こんにゃく、芋が入れられた小鍋が四人の男たちの真ん中に置かれた。

「彦四郎、助かった」

政次が礼を言い、竹串に刺さった豆腐に手を出した。

長い、寒い一夜がゆるゆると過ぎていった。

七つ（午前四時）過ぎ、ようやく佃島が見分けられるようになった。

そんな刻限、八丁堀と合流する越前堀《えちぜんぼり》から一隻の荷船が漕ぎ出されてきた。

船頭ともう一人男が乗っていた。

「若親分、おまえさんの勘があたったようだぜ。見ねえ、早船屋の荷船だぜ」

常丸が腕を撫《ぶ》してぐるぐる動かした。

「どうするね、埘の船まで尾《つ》けるかえ」

「いや、やつらを捕まえた後に埘の船には乗り込もう」

政次の命《めい》に亮吉が舫い綱を外して舳先を押し出し、彦四郎が櫓を握った。

苫舟の接近に荷船の二人は気がついた。が、なにしろ百姓船のような装いだ、つい油断した。

荷船の舳先をすり抜けようとした苫舟が急に方向を転じて、どーんと船縁を合わせ、政次、常丸、亮吉の三人が早船屋の荷船に飛んだ。

「なにをしやがんねん　あほんだらっ」

と怒鳴る男の船頭が懐の匕首《あいくち》に手をかける間もなく荷船の床に体を押し付けられ、捕り縄でふん縛られた。

一瞬の早業だ。

常丸が船の荷を検《あらた》め、山科屋に京の本店から送られた初売りの品々であることを確かめた。

「若親分、手柄だぜ。さてこの後、どうなさるな」

と常丸がお手並み拝見といった顔で政次を見た。

「おまえさん方、この荷をどこへ運ぼうとしたのか話してくれますか」

と丁寧に聞いた。

「あほ吐《ぬ》かせ、そんなこと喋《しゃべ》れるかい！」

手代風に装った男が吐き捨てた。

政次が頷き、苫舟に呼びかけた。

「彦四郎、水は冷たかろうな」

「そりゃ凍るように冷たかろうぜ、若親分」

政次は男の縄目を片手で摑むとぐいっと立ち上がらせ、

「話してくれますか」

ともう一度念を押した。

「じゃかましい、浪速《なにわ》の男は口が固いんじゃっ！」

その言葉が終わらぬうちに男の体は水に突き落とされ、政次が縄の端を引っ張った。すると必死の形相《ぎょうそう》が顔に浮かび、

「ほ、本気に投げ込む奴《やつ》があるか。た、助けてくれ。凍《こご》え死んじまうがな、無茶しいな！」

と叫んだ。

政次は男の髷を摑み、

「埒を話してくれますか。それとも江戸の水をもう少し楽しみますか」

「喋る、喋るがな、言葉は丁寧やが、やることは河内者《かわちもん》以上にあくどいで」

と言う男の顔をぐいっと水に浸《つ》けた政次が、

「おまえさん方のせいで船頭一人が首を括っているんですよ。江戸の御用聞きを嘗《な》めたらいけません」

と静かに言った。

鎌倉河岸に夜の帳《とばり》が下りた頃合、豊島屋の主の清蔵《せいぞう》が、しほや小僧の庄太《しょうた》を相手に何度も同じ言葉を繰り返していた。

「なんだい、彦四郎の野郎も昼間ちょいと姿を見せただけでさ、ちゃんと説明もしてくれないじゃないか。金座裏とは親戚《しんせき》付き合いの仲だと思っていたが、冷たいね」

「旦那、今朝のことですよ、大捕り物があったのは。ただ今お調べの最中です、そうそう

うちばかりに義理を立てることはできませんよ」

と小僧の庄太が諫《いさ》めた。

そんな最中、亮吉と彦四郎が飛び込んできた。

「しほちゃん、酒と田楽だ」

亮吉が大声で叫び、清蔵が、

「講釈が先です！」

と叫び返した。

「旦那、こっちは徹夜明けだぜ、頼むから口を湿らせてくんな」

「庄太、一杯だけ独楽鼠に飲ませなさい」

許しを与えた清蔵が金座裏の講釈師の前に陣取った。

「彦四郎さん、政次さんは」

しほが政次の身を案じた。

「親分と一緒に事件の後始末に走り回っているよ。政次はよ、あれでなかなかの肝《きも》っ玉《たま》野郎だぜ。驚いたよ」

「彦、おれの出番を取るんじゃやない」

と言った亮吉は庄太が運んできた酒をぐいっと飲んで舌と喉《のど》を湿《しめ》し、

「それではお粗末ながら、むじな亭亮吉師匠が師走の荷足船すり替え事件の概略を読み切ります」

と卓を拳でぽんぽんと叩いて調子をつけた。

「摂津《せっつ》国河内郡のあくたれども六人が師走を前に一稼ぎせんと二百石《ごく》のぼろ船に帆をかけて、紀州灘《なだ》、遠州灘、駿河灘、相模灘の波濤《はとう》をはるばると越えて、江戸にやってきたのは十何日も前のことにございます。一味のぼろ船、その名も難波丸《なにわまる》を石川島人足寄場《にんそくよせば》と畑地の間の堀に隠した一味は、頭分の堂島屋吉兵衛《どうじまやきちべえ》と五人の仲間たちでございまして、元々は瀬戸内の海で荷運びをしていた商人船頭にございますそうな。こやつらは江戸に到着すると数日は大川沿いに廻船問屋や荷足船の問屋を見て回り、金目になりそうな荷を積んだ荷船をそっくりとすり替える盗人商いを始めたのでございます、ぽーんぽんぽん」

とここでまた調子をつけた亮吉が酒を、
くいっ
と飲んだ。

「連中に目をつけられた越中島の川浪では、浅草門前町の仏具屋加賀屋に納める金の仏像やら仏具に金箔、しめて七百両をうまいことすり替えられたのでございます。ああ、言い忘れましたがすり替えの荷船は鉄砲洲河岸から本芝河岸で盗み、船頭の衣装は佃島で、とぼろ船を止めた近くで調達しておりました」

「なんとまあ、大胆な手口ですな」

「さて、続いて狙いをつけられたのが与力同心の旦那方が多く住む八丁堀脇の楓川新場橋の船着場でございます。荷は小間物屋山科屋さんが初売り用に京の本店から送らせた流行もの櫛、笄、簪、紅などこれまた数百両の値打ちものでした。このすり替えられた船頭の吟次さんは責任を感じて箱崎河岸で首を括られました。この騒ぎただ一人の犠牲者に黙《もく》禱《とう》を捧げたいと思います」

いきなり講談が止められて、清蔵らは吟次の冥福を祈って黙禱した。

「ささて、一味の手口をとっくと考えた金座裏の政次若親分は大親分に願ってお許しを得たのでございます。荷船ごとすり替えたはいいが、夜の荒れた海に荷船は乗り出すまい、ならば大川河口から八丁堀の堀口を見通せる鉄砲洲の本湊河岸で一味が動き出すのを待とういう算段にございます」

「おうおう、それはいい考えですよ」

「この寒夜の見張りに従ったのは常丸兄い、彦四郎、さらにはかくいう独楽鼠の亮吉という一騎《いっき》当千《とうせん》の猛者《もさ》にございます」

「講談師が自分を褒《ほ》めているよ」

「狙いがぴたりと当たり、明け方、早船屋の荷船を石川島沖の難波丸に運ぼうとした二人組を彦四郎の猪牙が急襲し、とっ捕まえました」

「やりましたか」

「その折のことです。政次若親分が下手人《げしゅにん》の一人、河内の菊丸《きくまる》を寒中の海に投げ入れ、一味の塒の船がどこに止まっているか、きりきり吐きなさいとあの丁寧な口調で言ったとき、さすがの河内の悪たれも縮み上がって難波丸の停泊地を喋ったのでございます」

「政次さんはやりますな」

「なにしろ吟次さんのことがありますからね」

と清蔵に掛け合った亮吉は、

「さて、彦四郎と一味の一人を乗せた猪牙を金座裏に向かわせた政次若親分と常丸兄い、それに独楽鼠の亮吉は寒さに震える菊丸を引き連れて、早船屋の荷足船で難波丸に乗りつけたのでございます」

「ほう、いよいよ戦ですな」

それがさ、と亮吉の口調が急に砕け、頭を掻《か》くと、

「清蔵の旦那、相手は暢気に寝込んでいやがってさ、一合戦と勇んで飛び込んだおれたちもなんだか拍子抜けするほどの捕り物だ。次々にお縄にしてお仕舞いだ」

「なんだい、おまえの講談は盛り上がりに欠けるねえ」

「旦那、怪我《けが》もなく幸龍寺の仏像も金箔も取り戻したんだ、これ以上の修羅場《しゅらば》は要《い》りませんよ」

そう言う亮吉に、

「亮吉さんの言うとおりだわ。騒ぎがなくて悪い人をお縄に出来るのが一番よ」

としほがほっとした声を洩《も》らした。

「いやね、相手が消沈したのは政次若親分がさ、叫んだ一声だ」

「政次さん、なんて叫んだの」

「摂津国河内郡の悪人ども、江戸は名代の御用聞き、金流しの宗五郎の倅、政次のお出張りだ。供は、金座裏の関羽《かんう》と張飛《ちょうひ》、常丸兄いに独楽鼠の亮吉の捕り物だ。神妙に縛《ばく》につけえ、抗《あらが》う者は赤坂田町直心影流神谷丈右衛門様仕込みの荒稽古を見せてくれんって叫んだのさ」

「あの政次さんがそんなことを」

「しほちゃん、あいつおとなしいだけじゃねえぜ、気をつけな」

と亮吉が下心のありそうな含み言葉で一場の講釈を締め括った。

第二話　銀のなえし

一

大晦日《おおみそか》の昼下がり、政次《せいじ》は義父の宗五郎《そうごろう》の供を命じられた。訪ねた先は新右衛門町《しんえもんちょう》の山科屋《やましなや》だ。二人は丁重に奥座敷に通された。すると驚いたことに松坂屋《まつざかや》の隠居の松六《しょうろく》が主《あるじ》の長右衛門《ちょうえもん》と話していた。

「おや、ご隠居、ご無沙汰《ぶさた》しております」

宗五郎が声をかけた。

「おおっ、お出でなすったか。いえね、山科屋さんがえらい目に遭《あ》ったというので見舞いにきたら、盗まれた初売りの品は金座裏の働きですでに戻ってきたというじゃないか。おまえさん方を呼んであるというので、年末の挨拶《あいさつ》をしておきましょうとね、待っておりました」

長右衛門がぽんぽんと手を叩《たた》き、早々に酒と膳《ぜん》が運ばれてきた。

「おや、まあ、これは手際《てぎわ》のよいことで」

松六が目を丸くした。

「松坂屋のご隠居、政次さんをようも手放しなされましたねえ。手代《てだい》さんとしてもなかなかの才覚でしたが、いやはや此度《こたび》の早業《はやわざ》には驚き入りました。うちでは来春の初売りは諦《あきら》めて、店の戸を下ろす算段まで考えていたんですからねえ。それが一日もしないうちに荷がそっくり無傷で戻ってきた。それも金座裏の若親分の手柄です。さすがに宗五郎親分の目は高い」

「いえねえ、ご隠居に何度も断られてようやく譲り受けた政次でさあ、物になってくれなくては松六様に申し訳がたちませんや」

宗五郎が笑った。

そこへ長右衛門の内儀《おかみ》のお桂《けい》が布をかけたなにかを載せた三方《さんぼう》を持ち、姿を見せた。

「大晦日で親分さんが忙《いそが》しいのは承知でございます。ですが、なんとしても過日のお礼を申し上げたくて、主と相談の上、お呼び立てしました。宗五郎親分、政次さん、このとおりにございます」

と夫婦ともども頭を下げられた宗五郎が言った。

「お二人とも頭を上げて下さいな。これじゃあ政次を引き連れて尻に帆をかけ逃げ出したくならあ。盗人《ぬすっと》をとっ捕まえるのは、わっしどもの務めだ。礼を言われる話じゃない」

ようやく長右衛門とお桂が顔を上げて、銚子《ちょうし》を取り上げた。宗五郎に長右衛門が注ごうとするのを制して宗五郎が言った。

「山科屋さん、まずは松六のご隠居だ」

「金座裏の手柄の上前《うわまえ》をはねるようだねえ、いいところに来合わせたよ」

と松六が笑った。

酒が一回りすると長右衛門が、

「親分さん、うちは小間物屋で女のものが主にございます。政次さんになんぞと思い、煙草《タバコ》入れをと考えましたが他所から煙草は嗜《たしな》まないと聞きました。そこでふと思いついたものがございます」

と、内儀の運んできた三方の布の下からなにかを取り出した。それは一尺七寸余の鈎《かぎ》のない八角の十手《じって》のようなものだった。

銀製の柄は鹿のなめし革で包まれ、柄頭には銀環がついていた。柄と本体には鈎も鍔《つば》もなかったが、八角の輪が二つを隔てるように嵌《は》められていた。

「ほう、これはなえしですな、銀とはまた凝《こ》った造りだ」

なえしとは「なやし」とも「萎し」とも呼ばれたり書かれたりする打物隠しの武器だ。敵の手なり、腕なりを打って萎えさせるところに、その名は由来していた。

「さすがに親分はよくご存じだ。うちの先祖が京から江戸に下《くだ》ってくるときに護身用に刀鍛冶《かじ》に鍛《う》たせた銀のなえしです。宗五郎親分は金流しの十手が家宝だ、そこでさ、政次さんには十代目に就くまでは銀のなえしで頑張ってもらおうと考えたのでございますよ」

と長右衛門が説明し、お桂が言い足した。

「私は使い古した武骨なものでよいのでしょうかと亭主どのに何度も聞いたのですが、政次さんは剣術が得意とか。それなれば上方《かみがた》生まれのなえしも御用のお役に立つかと考えを変えました」

長右衛門が政次の前になえしを差し出し、

「受け取ってくれますか」

と言った。

「親分、未熟者が銀の得物《えもの》など持ち歩いてよいのでしょうか」

と政次はまずそのことを懸念した。

「親分、政次さん、その心配はいりません。このことを考えついた後、北町奉行所《きたまちぶぎょうしょ》に筆頭《ひっとう》与力《よりき》の新堂宇左衛門《しんどううざえもん》様をお訪ねして、この一件を相談しました。すると新堂様がお奉行にも話されて、なえしとは元々町人や捕吏《ほり》などが護身用に持つもの、武家方の武器ではないゆえ苦しからず、また金座裏なれば金流しの十手が売り物だ。十代目になると決まった後継が銀のなえしとなれば、金銀揃《そろ》って金座裏の新名物になろうとお許しになりましたので」

「そうでしたかえ」

宗五郎が頷《うなず》いて、政次に受け取るよう許しを与えた。

政次は銀のなえしを両手で押し頂き、鹿革の柄を摑《つか》んでみた。

名代《なだい》の刀鍛冶が鍛造《たんぞう》したというだけにぴたりと政次の手におさまり、重さもなんともいえない感じだった。

なえしは、打つ、払う、手や腕を捻《ね》じって逆手をとる、先端で鳩尾《みぞおち》を突くなど十手と同じ使われ方をした。

それに柄頭の銀環に紐《ひも》をつけて振り回して使うこともできた。

なにより八角に成型された稜角《りょうかく》の一つに親指を押し当てて打つと打撃力が増し、相手を萎えさせることができた。

「これは使いよいものにございます」

政次は銀のなえしを宗五郎に渡した。

「さすがに京で鍛造された得物だ、造りが違う。それに政次が言うようになかなか使い勝手がいい。だが、鈎がない分、工夫がいるぜ、政次」

「はい」

義理の親子は一頻《ひとしき》りなえしの使い方に思いを馳《は》せたか、交替で持ち合っては軽く振り回してみた。

「使っていただけますな」

「有難《ありがた》く頂戴《ちょうだい》します」

政次が答えて平伏し、松六が、

「金座裏の金銀揃って十手となえし、また初春の江戸に話題を振りまきますよ」

と笑みを浮かべた。

お桂は三方からもう一つ、今度は商売ものと思える桐《きり》製の上箱を出すと蓋《ふた》を開いた。するると細工も豪奢《ごうしゃ》に凝った菊文金銀びらびら簪《かんざし》が現われた。山科屋の品物だ。京の名工が作り上げた簪であろう。

「なえしだけではあまりにも武骨過ぎます、そこで私が政次さんにこのびらびら簪を選びました」

とお桂が言い出した。

「内儀様、すでに十分なものを頂きました。この上は無用にございますし、私は男にございます」

「政次さん、それは承知です。ですが、いつかは政次さんが金流しの金看板を受け継ぐときがきましょう。そうなるとお嫁様も迎えることになる。そのとき花嫁さんの頭にこの菊文金銀びらびら簪を飾って下さいな、そうしてほしいのです」

「内儀様、繰り返しになりますが私どもの仕事は宗五郎親分の指揮の下、奉行所の務めを果たすことにございます。得がたき銀のなえしを頂いた上にこのような簪は過分にございます」

「政次さん、それは違います」

お桂が顔を横にゆっくりと振った。

「山科屋は百三十年以上もこの新右衛門町で小間物を扱ってきました。新年の初売りに売り出す品がないなどこれまで一度たりともございませんでした。それが当代で絶えたとなると京の本店にも顔向けが出来ません。商人として失格にございます。盗まれた品と一緒に山科屋の信用を宗五郎親分や政次さんが一晩のうちに取り戻してくれたのです。びらびら簪の一本や二本、なんのことがございましょう。お桂の気持ちと思って受け取って下さいな」

お桂が宗五郎に了解をとるように見て、押し付けた。

「困りました」

と洩《も》らす政次に宗五郎が、

「内儀さんのお気持ちだ。頂戴しねえ」

と許しを与えた。

「ならばうちのおっ義母《か》さんに挿《さ》してもらいます」

「政次、びらびら簪なんぞをうちのが挿してみねえ、春の陽気で頭がおかしくなったかと笑われるぜ。やはり愛らしい娘が似合いだねえ。おまえの周りにいねえこともなかろう」

と宗五郎が唆《そその》かした。

「そうですそうです、おりますよ」

と松六が手を叩き、政次は京拵《きょうごしら》えの簪まで褒美《ほうび》に頂くことになった。

宗五郎と政次が松六を松坂屋に送り届け、金座裏に戻ったのは七つ（午後四時）過ぎのことだった。台所におみつがいて、下女や飯炊き女を指揮して正月の御節《おせち》料理や除夜の鐘を聞きながら食べる年越し蕎麦《そば》の仕度をしていた。

金座裏では、手先《てさき》や下《した》っ引《ぴ》き一同がその夜半に顔を揃え、年越し蕎麦を食べる習わしがあった。

「どうだったえ、山科屋さんは」

おみつが宗五郎に聞いた。

「松坂屋の隠居もおられてな」

と宗五郎が招かれた経緯《いきさつ》を述べた。

「まあ、なんとうちに銀の十手が加わったかえ」

「十手じゃねえや、なえしだ」

政次がおっ義母さんに京の刀鍛冶が鍛造したなえしを見せた。

「驚いたねえ、うちに伝わる金流しと対の得物のようだよ」

おみつが神棚の三方に置かれた金流しの十手のかたわらに銀のなえしを置き、親子三人で拝礼した。

政次が羽織の片袖《かたそで》から菊文金銀びらびら簪の入った桐の小箱を出して蓋をとった。

「山科屋さんたら気を利《き》かされたねえ」

山科屋長右衛門とお桂の魂胆を察したおみつが洩らし、

「松六様がついておられるからな」

と宗五郎も答えていた。

「おっ義母さん、時節が来るまで預かっておいて下さい」

長身の政次の顔を見上げたおみつが、

「おまえったら気が利かないねえ。こんなもの、うちに死蔵してどうするんだい。生きるところに早く届けてさ、ようやく山科屋さんの気持ちが生きようというもんじゃないか」

とまた政次の手に押し戻し、

「政次、年越し蕎麦までにはだいぶ刻限もあるよ。年の暮れの挨拶に綱定《つなさだ》と豊島屋《としまや》を回っておいでな」

と戻ったばかりの金座裏から追い出した。

船宿綱定で年の瀬の挨拶を済ませた政次が鎌倉河岸《かまくらがし》に足を踏み入れると、しほが河岸に立つ裸の八重桜《やえざくら》の木の下に独りいた。

享保《きようほう》二年（一七一七）に八代将軍吉宗《よしむね》がお手植えされたという由来のある老樹の幹に手をかけたしほは、なにごとか願っているようだった。

「しほちゃん、なにをお祈りしているんだい」

「あら、政次さん」

と目を開けたしほは、政次の羽織を着た片袖が妙に膨《ふく》らんでいるのに視線をやりながら、

「今年も無事に過ごさせて頂きましたとお礼の言葉を述べて、それから……」

「それからなんだい」

「政次さんや亮吉《りようきち》さんや彦四郎《ひこしろう》さんが無事に年の瀬を迎えられてありがとうございますって言い添えたところだったの」

「有難う」

「今日はどうしたの、こんなに早く」

「おっ義母さんに綱定や豊島屋に師走の挨拶をしてこいって命じられたんだ」

政次はそう答えると、その昼下がり、親分と一緒に山科屋に招かれたことを告げた。

「まあ、銀のなえしなんて見たことないわ」

「駆け出しの私には過分な頂戴物だ」

「今度ねえ、政次さんが前帯になえしを差したところを絵に描くわ」

「しほちゃん、山科屋さんの頂き物はそれだけではなかったんだ」

「あら、ほかになにを貰ったの」

政次が羽織の片袖から桐の小箱を出して、しほに渡した。

「なんなの」

「蓋を開けてごらん」

しほがいいのかという風に政次を見上げ、政次が頷いた。

蓋を開いたしほが、

「まあっ」

と言ったきり言葉を失った。

夕暮れ前の淡い光に金銀で精緻《せいち》に細工された菊の花の飾りが現われ、しほが手に持つと菊の花の下に銀の短冊の下げもの、びらびらが浮かび上がった。

「なんて美しい飾りものでしょう。私、見たこともない」

「さすがに京の飾り職人の造るものは豪奢で華やかだねえ」

「目の保養になったわ」

しほが蓋を閉じようとした。

「しほちゃん、預かっておいてくれないか」

「こんな大事なものを預かるってどういうこと」

「私が持っていてもしょうがないものだ」

「私ならいいの」

政次の返事はすぐには戻ってこなかった。

「他人様《ひとさま》の大事なものを預かっては落ち着かないわ」

「ならばしほちゃんのものにすればいい」

しほが政次の顔を見たとき、龍閑橋《りゅうかんばし》の方角から彦四郎の漕《こ》ぐ猪牙舟《ちょき》がやってきて、同乗していた独楽鼠《こまねずみ》の亮吉が、

「若親分、しほちゃん！」

と叫んでいた。

「おっ義母さんも親分も、しほちゃんに届けるように勧《すす》めたものだ」

「親分とおかみさんが」

と答えてしほが聞いた。

「政次さんはそれでいいの」

「しほちゃん、いつの日か、しほちゃんの髪に飾ってほしい。独楽鼠に見られないように仕舞っておくれ」

思い切った政次の言葉に涙を堪《こら》えたしほが頷き、しばし迷った末に前掛けの下に入れた。

豊島屋には夕暮れ前から酒を飲む船頭や馬方、職人や屋敷の奉公人たちが大勢いた。

大旦那《おおだんな》の清蔵《せいぞう》も小僧の庄太《しょうた》を従えて、

「おや、その昔にむじな長屋で育った三人組が姿を見せたな」

と破顔した。

清蔵は捕り物話がなにより好きだった。

「本日は暮れのご挨拶にございます。本年もいろいろとご心配をかけましてございます」

と政次が挨拶を始めると清蔵が、

「これは驚いた、いきなり先手を取られたよ」

と姿勢を正した。

「今年もご苦労だったねえ、一年の疲れ休めに飲んでいっておくれ」

と言う清蔵に、

「政次がさ、うちにも暮れの挨拶に来たってんで、おれもこちらに挨拶に寄ったんだ。大晦日の夜は船宿の書き入れどきだ、おれは行くぜ」

と彦四郎が店を出ようとした。

「三人組の一人が欠けちゃあつまらない。彦四郎、そう言わずに一杯だけ飲んでいきなさい」

清蔵は彦四郎の腕を持って引き止め、

「庄太、早く例の酒を持っておいで」

と命じると、三人を座につかせた。座が落ち着いたところで亮吉が口を開いた。

「おれがさ、金座裏に立ち寄ったら早船屋の旦那が来ていたぜ」

「お礼かねえ」

と清蔵が聞く。

「角樽《つのだる》を提げていたところをみるとそんな塩梅《あんばい》だな。船頭の吟次《ぎんじ》さんの弔《とむら》いがようやく終わったんだって」

「暮れにきて弔いと重なるとはねえ、早船屋も災難だ」

と応じた清蔵が言った。

「摂津《せっつ》国河内《かわち》の悪たれども、堂島屋《どうじまや》吉兵衛《きちべえ》一味はどうしたえ」

「この年の瀬だ。調べは止まったままであいつらは伝馬町《てんまちょう》の牢で年越しだ。新春にお白洲に引き出されようが、合わせて千両を超えるすり替え騒ぎの上に吟次が首を括《くく》っていらあ。まず極刑は免《まぬか》れまいと親分が言ってなさった」

と独楽鼠が答えた。

そこへ庄太が前掛けを引き摺《ず》りながら、角樽を提げてきた。

「えっ、樽酒か」

「馬鹿をお言いでないよ、それは金座裏の年越し用の新酒だ。独楽鼠には縁《ふち》の欠けた猫の茶碗に水でいいかねえ。庄太、どこぞで探しておいで」

「あらら、とうとう人間扱いされなくなったぜ」

豊島屋では下り酒の新酒を新春から売り出したのだ。

しほが別の酒を運んできて、政次らは他の客より先に新酒を馳走になることになった。

二

金座裏の台所ではおみつが女衆を陣頭指揮して年越しの蕎麦の仕度に追われていた。そんな中に赤紐の襷《たすき》をしたしほもいた。

豊島屋が店仕舞いした後、金座裏に回ってきていたのだ。

おみつが、一人長屋で除夜の鐘を聞くよりは金座裏で年越しをしなさい、としほを呼んだのだ。

しほはもはや家族同様の、金座裏には欠かせない人間になっていた。

神棚のある居間に続く大広間では八百亀《やおかめ》以下手先が十数人と、下っ引きの髪結《かみゆい》の新三《しんざ》に旦那の源太《げんた》が小僧を連れてきていたから大勢の男たちで溢《あふ》れ返っていた。

下っ引きは本業を他に持ちながら色々な情報を集めてくるのが仕事で、金座裏の密偵ともいうべきものだ。

新三はその名のとおりに髪結が表の職で一人得意先を回っていた。

源太のほうは近江伊吹山《おうみいぶきやま》のもぐさ売りで小僧にもぐさを背負わせて御用を務めていた。

ここでも一座の中心は独楽鼠の亮吉だ。

「親分、それが銀のなえしかい」

亮吉がすっ頓狂《とんきょう》な声を張り上げ、宗五郎に見せてくれと催促《さいそく》した。神棚は新しい榊《さかき》と注連縄《しめなわ》に取り替えられたばかりだ。

「目敏《めざと》い野郎だ、だれから聞きやがった」

宗五郎はそう言いながら、神棚の三方に置かれたなえしを取って、

「金流しの十手に銀のなえしが加わった。山科屋さんが百何十年も前に京から下ってくるときに持参されたものだそうだ」

と謂《いわ》れを説明し、亮吉に渡した。

手先たちが取り巻き、亮吉が鹿革の柄を握って構えるのを、

「独楽鼠が見得《みえ》を切っているぜ」

とか、

「兄さんには重たそうだ。先が震えているよ」

とか、わいわいと言いながらも銀のなえしを見た。

「若親分、ちょいと持ってくんな」

亮吉がひっそりと居間に控えていた政次に差し出した。

「まだ銀流しをもつ貫禄《かんろく》はないからな」

と言いながらも政次が手にした。

「亮吉、おまえにゃあ悪いが猫に小判、鼠に銀なえしだ。政次さんのぴたりとした嵌《はま》りようとは比較にもならねえや」

と旦那の源太が冷やかした。

「旦那の兄い、そう言うねえな。おれは役どころを心得て前座を務めたんだ」

と亮吉が応じた。

「銀環に朱房をつけるとかっこいいがな。お上《かみ》が許してくれないだろうな」

「まあ、無理だ」

と答えた宗五郎が長火鉢の引き出しから平織りに編んだ、渋い銀色の組紐を出した。

「政次、銀環にこの留め金具を嵌めてみろ」

長さ五尺ほどの組紐の一方の端は留め金具が付けられ、もう一方の端は手首に絡《から》めて使えるように輪になっていた。

政次が銀環に留め具を嵌めて結び、端の輪を自分の手首に絡めて改めて構えた。

「政次、平織りの組紐のほうが捕縄《ほじよう》より扱いがよかろう」

「はい。しっかりと力がかかります」

「一尺七寸の得物が飛び道具にもなるように技を工夫しねえ。さすれば御用の役に立つとう」

「精々務めます」

　と政次が応じたとき、しほを先頭に女衆が酒と蕎麦を運んできた。

「酒は豊島屋さんの下り酒の新酒だ」

　ぐい呑《の》みが配られ、角樽の栓が抜かれると新酒の香りが金座裏の座敷に満ちていった。

　酒と蕎麦を前に宗五郎が、

「今年も残りわずかだ。うちもいろいろとあった、なにより下駄貫《げたかん》を死なせたのが悔しいし、惜しいや。だが、いつまでも泣き言も言っていられまい。下駄貫の冥福《めいふく》と新しい年が平穏無事であることを祈って頂こうか」

　とぐい呑みを上げると、

「ご苦労様にございました」

　と手先一同が答えて新酒を口に含んだ。

「うまいなあ」

　しみじみと八百亀が洩《も》らし、

「下駄貫め、そう急いであの世に行くこともなかったんだ。こんな美味《うめ》え酒があの世で飲めるか」

　とぐい呑みの酒を飲み干したとき、鐘は上野か浅草か、除夜の鐘が江戸市中に響き始めた。

「おみつ、そっちも手が空いたらこっちに来て一緒しねえ」

と女たちに声をかけた。

「あいよ」

と答えたおみつだが、

「女衆はむさい男と一緒じゃ嫌《いや》だとさ。台所が気楽なんだと」

「おやまあ、年越しに最後の剣突《けんつく》を食らわされたぜ」

と宗五郎が苦笑いした。

「親分、来年はなんぞいいことありそうかな」

「亮吉、おまえにか、金座裏にか」

「おれが聞いたのはそんなこっちゃねえや。天下国家の行く末だ」

「おやおや、独楽鼠がお上の心配をしているぜ」

と親分と亮吉の会話に八百亀が茶々《ちゃちゃ》を入れた。

「八百亀の兄い、おれが言うとおかしいか」

「亮吉、そう居直るな」

と軽くいなした八百亀が宗五郎に聞いた。

「親分、この春には八王子の千人同心《せんにんどうしん》が蝦夷地《えぞち》に渡るんだってねえ」

「八百亀、聞いたか。なんでも屯田《とんでん》とか屯田兵とかいうそうだ」

「親分、兄い、屯田ってなんだ」

亮吉がぐい呑みを片手に聞いた。

「これまで蝦夷地の警備は、津軽《つがる》藩や南部《なんぶ》藩などが行ってきた。だがな、異国の船が頻繁《ひんぱん》に姿を見せるようになって、幕府も本腰を入れて警護に当たると幕閣でお決めになったそうだ。そこで千人同心原半左衛門《はらはんざえもん》様を頭に千人同心の子弟を募《つの》ってまずは百人ばかり送り出すそうだ。だが、屯田兵の狙いはそればかりじゃないそうな。度々の飢饉《ききん》で田圃《たんぼ》が疲弊《ひへい》して収穫が上がらない、そこで警備の片手間に蝦夷の殖産開墾《かいこん》に力を入れさせようという算段だそうな」

「異国の船をおっ払ったり、畑仕事をしたりと忙しいな」

「そいつを屯田というそうだ。蝦夷は江戸では想像もできねえほど寒い地だ、千人同心の子弟方はなにかとご苦労があろうぜ」

そんな話の間にも百八つの煩悩《ぼんのう》を消し去るように殷々《いんいん》とした鐘の音が遠くから響いていた。

政次は酒に口をつけただけで蕎麦を啜《すす》り始めていた。まだ若い波太郎《なみたろう》も蕎麦を食べていた。亮吉ら酒好きだけが蕎麦を菜に飲み続けることになる。

いつもの年越しの光景だ。

百八の鐘が撞《つ》き終わると、政次が台所に来て、

「おっ義母さん、皆さん、明けましておめでとうございます」

と新年の挨拶をした。

「政次、うちじゃあ一眠りしてからが本式の新春だ。だが、大きな倅《せがれ》の挨拶を無下《むげ》にもできまい」

と、おみつも姿勢を改め、

「おめでとう、今年もよろしくお願い申しますよ」

その言葉にしほたちも和した。

女たちもかたちばかりの年越しの酒を酌み合い、蕎麦を食べ終えていた。

おみつが政次としほと二人の様子を眺めたとき、表の格子戸が叩かれた。

即座に政次が玄関先に向かった。

格子戸の向こうに頬被《ほおかむ》りに袖《そで》なしの綿入れを着た老人が身を震わせながら立っていた。

「どうしなさった」

心張棒《しんばりぼう》を上げながら政次が聞いた。

年寄りの歯ががちがちと鳴っていた。

「奥へ入りなせえ」

政次が前掛けをした年寄りの手を引くように玄関へと連れ込んだ。広い玄関の上がり框《かまち》に常丸と波太郎が立っていた。

「波太郎、白湯《さゆ》を持ってこい」

と常丸が若い手先に命じ、波太郎が台所に飛んでいった。

「おめえは二八《にはち》蕎麦屋の父つあんじゃねえか」

常丸が聞くと白髪《しらが》頭に頬被りした爺様《じいさま》ががくがくと頷いた。そこへ波太郎が白湯を入れた茶碗を持ってきて、

「父つあん、これを飲んで落ち着きねえ」

と両手に持たせた。

蕎麦屋は茶碗の温《ぬく》もりを手に確かめるように抱えていたがくいっと飲み干し、

「おれじゃねえおれじゃねえや」

と言い訳するように言った。

宗五郎が玄関に姿を見せていた。

「おれじゃねえとはどういうことだ。いやさ、おまえ様の名はなんと言いなさる」

政次の問いに、

「担ぎ蕎麦屋当《あ》たり矢《や》の文吉《ぶんきち》父つあんだったな」

とかたわらから常丸が念を押した。

「へ、へえっ」

「よし、文吉さん、なんぞ見なさったか」

「ほ、本石町《ほんごくちょう》の質屋中屋《なかや》一家が皆殺しだ！」

と一気に叫んだ。

「本石町四丁目の中屋さんですね」

文吉ががくがくと頷き、

「父つぁん、案内を頼もうか」

との政次の声で金座裏の年越しの宴《うたげ》は吹っ飛んだ。


本石町四丁目の路地裏にひっそりと質屋業を営む中屋は大店《おおだな》ではない。が、河岸や青物市場が近いこともあって金に詰まった商人が通うことで知られた店だった。また、

「中屋の内蔵《うちぐら》には千両箱が積んである」

と近所の人が噂《うわさ》しているのも確かだった。

中屋の家族は主の光右衛門《こうえもん》におさんの夫婦、一人娘のお和《かず》に婿《むこ》の専太郎《せんたろう》、奉公人は住み込みの番頭義平《ぎへい》と小僧に台所女中の三人、都合七人が黒板塀を張り巡《めぐ》らした店と住まいを兼ねた家で住み暮していた。

二八蕎麦屋の文吉は金座裏の一統《いっとう》を裏口へと案内した。

「いつも年の暮れは、九つ（午前零時）前にわっしがこちらの蕎麦を作って届けるんで、それが何年来の習わしなんで」

と言った。

「で、おまえさんがこちらに蕎麦を届けようとしたんだね」

「へえっ、ところが今年はちょいと事情があって四半刻《しはんとき》（三十分）ほど遅れましたんで」

文吉が路地に置かれた二八蕎麦、当たり屋の担ぎ屋台を見た。

「裏戸を叩きなすったか」

「へぇっ、裏戸が開いていましたんで。だって中屋さんは商いが商い、普段《ふだん》から用心深い家でさ、裏戸にも臆病窓《おくびょうまど》が切り込んであって、わっしが戸を叩くと女中のおつねさんがよくよく確かめて開けますんで」

文吉は怖《こわ》そうに、風に吹かれて動く戸を見た。確かに縦三寸横五寸ほどの覗《のぞ》き窓が嵌《は》め込まれてあった。

「父つあん、中に入ったんだな」

宗五郎の問いに文吉は頷き、

「だってよ、おれより先に蕎麦を出前した野郎がいたんだよ」

と腹立たしそうに言った。

「父つあん、ここで待っていねえ。おまえの話は後で聞く」

宗五郎の言葉で提灯を掲げた亮吉を先頭に金座裏の面々が裏戸から中屋の敷地に入った。

血の匂いが勝手口から漂ってきた。

文吉が、

「皆殺しだ！」

と叫んだ理由が一目で知れた。

慳飩《けんどん》に入れられた蕎麦丼が転がった台所に六人の男女の血塗《ちまみ》れの死体が転がっていた。

政次は慳飩に当たり屋の屋号が書かれているのを見た。

慳飩とは今でいう岡持ちで、縦長の箱に蕎麦を入れて蓋をして持ち運ぶ道具だ。

「煩悩の鐘を聞きながら人殺しをしやがったか」

宗五郎の呟《つぶや》きに八百亀らが死体の一つひとつを確かめていく。

「親分、光右衛門の顔だけが足りねえや」

「奥を見ようか」

光右衛門は内蔵の前で、顔に恐怖と驚愕《きょうがく》の表情を残して殺されていた。

七人の死因はすべて匕首《あいくち》か長脇差《ながわきざし》のような鋭利な刃物の刺し傷だ。蔵の中には当座の商いの金を入れた銭箱は残されていたが、千両箱は一つとして見えなかった。

「金座裏、ひでえことが起こりやがったな」

と言いながら寺坂《てらさかき》毅一郎《いちろう》が店に姿を見せた。

政次が寺坂の許《もと》へ波太郎を走らせていたのだ。

「蕎麦屋のご注進どおりに七人皆殺しですぜ」

「糞《くそ》ったれが」

「政次、なんでもいい、下手人《げしゅにん》の遺留品を探せ。おれは番屋《ばんや》に文吉を連れていって事情を聞く。それと中屋の蔵の金子《きんす》を承知のものはだれかいないか、当たれ」

と命じた。

「承知しました」

若親分のかたわらには老練な手先の八百亀が控えて、政次の命《めい》を手配りした。

本石町の自身番に連れていかれた文吉は、

「金座裏の親分さん、おれじゃねえよ、出前をしたのはよ、決しておれじゃねえよ」

と繰り返した。

「だれも父つあんが出前をしたとは思ってねえ。七人を刺し殺したのは一人の仕業じゃねえ、よしんばおめえが大力の持ち主でもあれだけの仕事をしたとなると返り血を浴びてなくてはなるめえよ」

「そうよ、見てくんな。おれの袖《そで》なしに一滴だって血の染みがついているかどうかをよ」

文吉は行灯《あんどん》の明かりに衣服を伸ばして見せた。

「父つあんが落ち着かねえのも無理はねえ。あれだけのものを見せられたんだからな。まあ、おれの問いに答えねえ」

「なんでも答えるぜ」

「まずおまえさんはいつもなら九つ前に年越し蕎麦を中屋に届けるんだな」

「へえっ、今年もよろしくと番頭の義平さんに頼まれたんで」

「いつ、どこでな」

「三、四日前かねえ。道浄橋《どうじょうばし》の袂《たもと》でいつものように屋台を下ろして商いをしていると通りかかった義平さんが声をかけていきなさったんだ」

「刻限は何時時分だ」

「ここんとこ、日が暮れるのが早いや。あれで六つ（午後六時）前かねえ」

「そんとき客はいたかえ」

「まだ火を熾《おこ》している最中でだれもいなかったぜ。でも、往来する人は大勢いたさ、師走だもの」

「おまえさんはいつもの年より四半刻ばかり蕎麦を届けるのが遅れたと言いなさったな」

「へえっ、それだ。中屋さんの前に、瀬戸物町《せとものちょう》の乾物屋の伊勢喜《いせき》に蕎麦を届けて戻ってみるとだれかがいたずらしやがって、火を落としているじゃないか。慌《あわ》てて火を熾し直していたもので四半刻ほど遅れたんで、親分」

「悪戯《いたずら》か」

「この大晦日の書き入れどきにあくどいぜ」

自身番に倹飩を提げた政次が姿を見せた。

「文吉父つあん、当たり矢と屋号が入った倹飩はおまえさんのものかえ」

「担ぎ商いが倹飩なんか使うものか、知らねえ」

と顔を横に振った。

「父つあん、中屋の蕎麦を作った後に裏戸を叩いたか、それともまだ誂《あつら》えてなかったか」

「おれはよ、遅れたことをまず謝ろうと戸を叩いたんだ」

宗五郎が聞き、文吉が答えた。すると政次が倹飩の蓋を上げ、一つ中に残っていた丼を文吉に差し出して見せた。

「この蕎麦を見てもらえませんか」

伸びきった蕎麦を文吉に見せた。老蕎麦屋は政次を見て、

（どういうことだ）

と訝《いぶか》しい顔をしたが丼を覗き、匂いを嗅《か》いで、

「なかなか凝ったつもりだろうが、ひでえ出汁《だし》だぜ。こんなもの屋台では出せないな」

と答えたものだ。

三

政次と亮吉は倹飩を交替に提げて、正月未明の魚河岸を歩いていた。瀬戸物町の伊勢喜の前に来ると路地から顔だけ見せた犬に吠《ほ》えかけられた。

「この格好じゃあ怪《あや》しまれても仕方がねえか」

と亮吉が納得し、

「若親分、交替してくんな」

と倹飩を渡した。

亮吉は伊勢喜の表戸をがんがんと叩いた。

なにしろ元旦未明の魚河岸だ。大晦日遅くまで働いた後、ぐっすりと寝込んでいた。それを起こそうというのだから、怒鳴られることを覚悟の訪《おとな》いだ。若親分にそんな思いをさせたくなくて交替したのだ。

「だれだえ、正月早々大戸を叩く馬鹿者は！」

中から喚《わめ》き声が返ってきた。

「すまねえ、伊勢喜さんよ。金座裏の亮吉だ、御用の筋だ、ちょいと開けてくんな」

と亮吉が言い返すと、それでも臆病窓が開かれ、

「確かに金座裏のどぶ鼠だ」

「どぶ鼠じゃねえや、独楽鼠の亮吉だ、番頭さん」

「どっちでも同じことだ」

鎌倉河岸の豊島屋に時折酒を飲みに顔を見せる番頭の実蔵《じつぞう》が寝巻き姿で通用口を開き、

「元旦早々に殺生《せっしょう》だよ」

とぼやいた。

「番頭さん、勘弁して下さいな、御用のことです」

「おや、政次若親分も一緒か」

と実蔵が羽織姿に倹飩を提げた奇妙な格好の政次を見た。

「金座裏のこととあれば致し方ないがさ、寝入りばなですよ」

と言いながら、なにが起こったか聞いた。

「実蔵さん、驚くな。質屋の中屋さんに押し込みが入り、家族奉公人七人が皆殺しだ」

亮吉の言葉に実蔵はきいっという感じで二人を振り見て、しばらく何も言わなかった。

「おれたちが元旦早々走り回るのが分かったか」

「えらいこった。中屋さんは魚河岸と関わりの深い質屋だよ。それが……」

とまた絶句した。

その間に政次がそっと倹飩の蓋を上げ、再び丼を出して、

「番頭さん、すまないがこの蕎麦の出汁を見てもらいませんか」

と願った。

「蕎麦の出汁ですって」

御用のことと気付いた実蔵はすぐに店の行灯《あんどん》に明かりを点《とも》し、その明かりを上がり框の丼の近くに置くと、

「なにを見ろと言いなさるか、政次さん」

「出汁を取るのに使った鰹節《かつおぶし》が丼の底にかなり残っているんです、それをまず確かめてみて下さいな」

「うちは乾物屋ですよ。削《けず》り節も昆布も扱いますが、伸びきった蕎麦の削り節を確かめろと言われたのは初めてだ」

と言いながら実蔵が政次の差し出した箸《はし》を受け取り、丼の底を掻《か》き回して、蕎麦の下から削り節を探し、箸先に絡ませた。

「確かに蕎麦屋が作った二八にしてはえらく削り節を残したものですね、この出汁濾《こ》さなかったのかねえ」

と言いながらも箸に引っ掛けられた削り節を指先で摘《つま》み取り、仔細《しさい》に眺めていたが、

「政次さん、亮吉さん、これは上物《じょうもの》の削り節だ。土佐節《とさぶし》かねえ、この魚河岸でも扱うのは

うちを含めて数軒だよ」

　と言い切った。

「政次さん、嘗《な》めても仔細はないかね」

「毒は入っていないぜ、中屋は刺し殺されたんだ」

　亮吉の言葉を聞いた実蔵が、
　ぶるっ
　と身を震わせ、指先に蕎麦汁を浸《ひた》して匂いを嗅ぎ、嘗めて、首を傾《かし》げた。

「出汁をとる前ならば、どこの乾物屋が売った削り節か大方の見当もつくんだがな。削り方も店で少しずつ違ってねえ」

　と実蔵は独り言を言い、おかしいねと呟いた。

「なにかおかしいかえ」

　亮吉がさらに問う。

「私は蕎麦っ食いですよ。蕎麦にも出汁にもちょいと一家言を持っています。これだけの削り節を使う蕎麦の出汁じゃあないね、匂いがきつ過ぎるよ。なんでも削り節を放り込めばいいというもんじゃありません。塩梅《あんばい》が肝心です。こいつは蕎麦職人が作ったようでそうじゃない」

　と言い切った。さらに伸びきった蕎麦を食べた実蔵は、

「なかなかの蕎麦だ、つなぎなしの蕎麦かもしれないね」

と言い加えた。

「番頭さん、昨夜、こちらも当たり屋の蕎麦を年越し蕎麦に食べたそうですね」

「文吉爺さんの蕎麦はこんな奇妙な蕎麦じゃございません。煮干でちゃんと出汁を調えた、安くてうまい蕎麦ですよ」

頷いた政次が聞いた。

「こちらに蕎麦を届けた後、文吉爺さんの担ぎ屋台の火がだれかに消されたのをご存じですか」

「それそれ、爺さんがうちに火を借りに来ましたから、承知しています。暮れの一時が稼ぎどきの小商人を泣かすなんて、ひどい野郎がいたもんですよ」

「大いに助かりました、実蔵さん」

政次の言葉に、実蔵が、

「中屋さんが店仕舞いするとなると困る商人がだいぶおりますよ」

と答えていた。

「資金繰りの苦しい魚屋が金の工面《くめん》に中屋の暖簾《のれん》を潜ったそうですね」

政次の言葉に実蔵がひらひらと手を顔の前で振りながら答えた。

「今だから言えるがさ、中屋さんは親しい客には質草を取らずに金子を融通していたよ」

「なにっ、中屋の旦那はそんな慈善家かえ」

「どぶ鼠、しっかりおし。だれが利息も取らずに金を貸すものか。闇《やみ》の高利貸しですよ」

「なんだって、中屋は鑑札《かんさつ》もなしに金貸しをやっていたか」

「魚河岸でも高利を承知で金を借りていた店が何軒かあるそうですよ」

「実蔵さん、承知なら教えてくんな」

「それを調べるのがどぶ鼠、おまえさんの仕事です」

と実蔵は、仲間の名を出すことを拒絶した。

「ちぇっ、とうとうどぶ鼠と決め付けられたぜ」

「元旦早々飛び込まれてごらん、悪態の一つもつきたくなりますよ」

と言った実蔵が、寝直しだと首を竦《すく》めた。


戻った金座裏の様子は一変していた。

格子戸両脇の門松《かどまつ》から正月飾りがなされて、男たちに付き合って徹夜した女衆が金座裏の屋敷の内外を綺麗《きれい》に掃《は》き清めていた。いつもは手先たちがやる仕事をしほたちがやり終えていたのだ。

宗五郎が鎮座する居間もすっかり正月飾りに変わっていた。そして、長火鉢の横手には寺坂毅一郎がでーんと胡坐《あぐら》をかいて座っていた。そして、居間に繋《つな》がる大広間には現場から帰ってきた八百亀ら手先たちもいた。だが、常丸やだんご屋の三喜松《みきまつ》ら何人かの手先は中屋に残ったか、姿が見えなかった。

「政次、亮吉、ご苦労だったな」

宗五郎が労《ねぎら》った。

「この倹飩、台所に持っていっていいかねえ」

亮吉が聞いた。宗五郎が許しを与え、

「しばらくそのままにとっておけとおみつに言うんだ」

と命じた。

「あいよ」

と独楽鼠が台所に消えた。

「なんぞ分かったか」

政次が頷き、実蔵が告げた諸々《もろもろ》を手際よく話した。

「鰹節を奢《おご》った蕎麦の出汁の香りが強すぎるとは、おもしろいな」

「素人《しろうと》の作った蕎麦だと蕎麦っ食いの実蔵さんが言っていたぜ」

台所から早々に戻ってきた亮吉が話をとって答えた。

「政次、亮吉、押し込みめ、なんでこんな蕎麦を拵《こしら》えたと思う」

「そりゃあ、二八蕎麦の当たり屋、文吉爺様に化けるための道具立てだろうが、親分」

「独楽鼠、それだけか」

「おや、金座裏では独楽鼠に戻ったぜ」

「どこぞで別の名で呼ばれたか」

「乾物屋の実蔵さんめ、おれのことをどぶ鼠と呼びやがった」

「確かにどぶ鼠並みの返答だからな」

　宗五郎の視線が政次に行った。

「中屋は商売柄、人の出入りには厳しかったと思います。そんな中、大晦日の中屋に入るためには亮吉が言うように道具立てがいりました。当たり屋の文吉爺さんが九つ前に裏木戸から蕎麦を届けることを承知し、当たり屋の火を消して、いつもの年の暮れより文吉の到着を遅らせて自分たちが先回りした。その折、臆病窓から覗く女中を安心させるために出汁の利いた、香りが強い蕎麦を用意して、いかにも年越しの蕎麦が届いたように細工したのではないでしょうか。女中は頬被りした文吉の顔を確かめるより前に蕎麦の香りでつい安心して、裏戸を開けたんでございましょう」

　宗五郎が頷いた。

「あれだけの鰹の削り節を扱う店は魚河岸でも数軒だそうです。蕎麦はつなぎなしの蕎麦だと実蔵さんは言っておりました」

「通りすがりの押し込みじゃねえな、この土地をよく知った者の仕業だぜ。その上で用意周到に仕度して皆殺しだ。中屋の面々は押し込みの顔を知っていたかもしれないな」

「親分、盗まれた金子の額は分かりましたか」

「今、常丸たちが中屋の分家を訪ねている。品川宿でやはり質屋をやっているのが中屋の弟だそうだ。おっつけ戻ってこよう」

「親しい客には中屋が金を貸していたことはご存じですね」

「おお、八百亀が聞き込んできやがった。それで頷いたこともある、この年の瀬だ、内蔵の中には預かった沢山の質草があったが押し込みめ、一つも手をつけてねえ。だがよ、金蔵の前に質札が何枚かちらばって落ちていたんだ。押し込みは中屋の貯め込んだ金子とも う一つ、闇の金貸し証文を持ち去ったのではないかねえ」

と政次に答えた宗五郎の視線が寺坂に行った。

「旦那、こやつら、中屋から金を借りていた客の一人じゃございませんかね」

「大いにありうるぜ。金座裏には言ったが、当たり屋の文吉が大晦日の九つ時分に裏戸から蕎麦を届けることを承知し、奢った鰹節がよくよく効いた蕎麦を用意し押し入った手口は、土地の者じゃなきゃあできない工面だぜ」

「それはわずか半刻の仕事だ。中屋の住まいを承知しているからこそ七人を手際よく殺して、千両箱と証文を盗み出した。逃げるにしても遠くではございますまい。師走の夜はよっぴいて、人の往来が激しいや。それなのに目撃もされずにどこかへ消えている」

「金座裏の、中屋の近くに下手人《げしゅにん》は潜んでいるということだぜ」

「へえっ」

「正月早々しんどい御用だろうが、その線で探索を進めてくれまいか。おれは与力の牧野《まきの》様にそのことを報告しておく。なにしろ正月早々に一家皆殺しはあくど過ぎる。正月酒を悪《あく》たれどもにのうのうと飲ませたくねえや」

「畏《かしこ》まりました」

寺坂毅一郎が腰を上げた。

常丸が中屋光右衛門の実弟盛右衛門《せいえもん》を駕籠《かご》に乗せて金座裏に戻ってきたのは元日の朝四つ（午前十時）時分のことだ。

盛右衛門は驚愕覚めやらぬ様子で呆然《ぼうぜん》としていた。

「現場は見てもらったか」

「へえっ、一家の顔検分《かおけんぶん》をしてもらいました」

その衝撃が盛右衛門を打ちのめしていたのだ。

「正月早々ひどい目に遭《あ》いなさったな。心中お察し申しますぜ」

「親分さん」

と言った盛右衛門は日に焼けた顔の両眼に大粒の涙を浮かべた。年は四十代半《なか》ばか、実直そうな商人の顔をしていた。

「兄さんは道楽もなく神信心だけが息抜きでした。それが……」

と言葉を詰まらせた盛右衛門が吐き出すように言った。

「いつかはこんなことになるのではと案じておりました」

「定法《じょうほう》に反して闇の金貸しをしていたことだね」

「はい」

「承知していなすったか。光右衛門が金貸しを始めたのはいつからだね」

「この三、四年前からにございます。ですが、私がそれを聞かされたのは一年ほど前で、兄さんにそればかりはやめておくれと何度も頼みましたが、定法どおりの商いじゃあ利が薄いと聞く耳を持ちませんでした」

「だれに金子を立て替えていたか知らないか」

盛右衛門は首を横に振った。

「私に兄さんが金貸しをしていると喋《しゃべ》ったのは番頭の義平でしたが、客は七、八人で身元のしっかりした者だけに用立てると申しておりました」

「中屋さんの内蔵から金子と証文が消えて、見あたらねえ。盗《と》られた金子はおよそどれほどか見当がつくかえ」

「手堅い質屋商売で金子を貯めるのは容易ではございません。ですが、兄さんの店は近くに魚河岸を抱えて、派手な暮らしの方々がおられます。私が暖簾《のれん》分けのようにして品川宿に店を出してもらったのは十二年前にございます。その折、品川に分店を出す費用で貯めた金が減り、残り金は七、八百両と申しておりました。あれから質屋商いだけではなく高利貸しまで手を広げたとなるとその三倍はあっても不思議はございません」

「二千二、三百両か」

「ええ、千両箱の二つや三つ兄さんは貯めていたはずです」

と答えた盛右衛門は、

「兄さんは用心深い人でした。まさか大つごもりの夜に二八蕎麦屋に化けた押し込みに殺されるなんて信じられません」

と肩を落とした。


政次は常丸と亮吉を伴い、再び中屋に戻っていた。

実弟の盛右衛門は兄の光右衛門が用心深い気性の持ち主だと証言していた。表の稼業の質屋と闇の稼業の金貸しの証文を堂々と質蔵に保管していたかどうか、もう一度調べてみようと現場へ戻ったのだ。

南茅場町《みなみかやばちょう》の大番屋での検視のために、七人の亡骸《なきがら》はすでに中屋から運び出されていた。

中屋の前には奉行所の小者《こもの》が張り番しているだけで、中には血の臭いが混じった冷気が漂っていた。

「遺体は運び出されたのに死臭がしているぜ」

亮吉が首を竦めた。

「若親分、どこから調べるね」

常丸が聞いた。

「内蔵は八百亀の兄さんが徹底的に調べなすった。だが、金を貸した証文は一枚として出てこなかった。となれば下手人が持ち去ったか、蔵になかったかの二つだ。光右衛門さんの寝間と仏間を調べてみたい」

無論この二つの座敷も金座裏の面々が調べていた。

「よし、もう一度最初から調べる気持ちで始めますか」

常丸が仏間を、亮吉が寝間を担当しての調べが始まった。

政次は二人の動きを背後から注視しながら見落としがないか、じいっと見守っていた。

一刻後、天井裏から畳まで上げて調べが終わった。だが、どこからも書き付けや証文は発見出来なかった。

「若親分、なにも出ねえぜ」

床下から亮吉が真っ黒にした顔を覗かせて言った。

「亮吉、ご苦労さん」

常丸は仏壇の前で首を傾げていた。

政次が月参りの札が重ねられた仏壇を見ながら言った。

「光右衛門さんの神信心とは信濃《しなの》善光寺《ぜんこうじ》への月参りのようですね」

仏壇には牛に引かれて善光寺参りの様子を彫った木彫まで置かれてあった。どうやら光右衛門が月参りをしていたのは信濃善光寺の末社浄土宗南命山善光寺と思えた。

政次は重ねられた月参りの札を摑み、枚数を数えた。七枚あってどれも裏に符丁のようなものがうすく墨で書き込まれていた。

「光右衛門さんには格別道楽はなかった。唯《ただ》一つ寺参りが息抜きだったようだ」

「若親分、神信心が熱心でも人殺しに遭う、神仏も当てにならないぜ」

と亮吉が言った。

「亮吉、その仏様に縋《すが》ってみようか」

政次が月参りの札を懐《ふところ》に入れるのを常丸が見ていた。

「どうするんで」

「亮吉、駄目で元々、青山まで足を延ばそう」

四

三人は本石町から御城を見ながら右回りに御堀端を回り込んだ。

継裃《つぎかみしも》に挟み箱を負った小者《こもの》を抱えた武家が年礼参りに往来していた。

元日の商家は休み、大戸は一日中とじられていた。

だが、朝早くから御一門方譜代大名衆の御礼登城を始め、武家の姿が目につく江戸の元日であった。振る舞い酒にすでに千鳥足《ちどりあし》の武士もいた。

政次たちはそんな儀礼の御行列を横目に赤坂から青山五十人町《ごじゅうにんちょう》へと上がった。するとこの界隈は同じ武家屋敷でも下級の旗本や御家人屋敷が広がり、なんとなく堅苦しさが消えた。

御家人と百姓の倅が一緒になって凧揚《たこ》げをしている光景など御城近くでは決して見られぬものだった。

「正月早々えらいことになったぞ。いつもなら親分の前に雁首《がんくび》揃えて新年の挨拶をしてよ、姉さんの用意した屠蘇《とそ》を頂いて、お小遣いを貰っている頃合だがな」

「亮吉、事が起これば盆も正月もねえのがおれたちの仕事だ」

「常丸兄い、全《まった》くだ。だけどよ、なにも年越しに人殺しをしなくてもよさそうに思えるがねえ」

「だからさ、それだけ金に詰まっていたか、あるいはふとしたきっかけでああなったのかもしれねえや」

常丸がそう答えながら政次の顔を見た。政次が頷き、

「私もそう思います」

「若親分も常丸兄いもなんだか勿体《もったい》ぶっているぜ、どういうことだ」

「亮吉、常丸兄さんも私も、二八蕎麦の文吉爺さんが殺された番頭の義平と年の瀬に道浄橋で出会った一件を言っているのさ。義平は文吉に今年の大晦日も蕎麦をよろしく頼むと声をかけている。それを偶々《たまたま》聞いていた人間がいて、今度の押し込みを企てようと考えたかもしれないと思っているのさ」

「つまりは魚河岸界隈に住む野郎だ」

「そして光右衛門さんに闇で金子を用立ててもらっていた人間だ」

三人はすでに五十人町から百人町《ひゃくにんちょう》へと入っていた。目指す善光寺はすぐそこだ。

信濃善光寺大本願上人兼帯所として慶長《けいちょう》六年（一六〇一）に谷中に創立された江戸善光寺は、宝永《ほうえい》二年（一七〇五）に青山に移っていた。

号を南命山と称し、善光寺の拝領地は七千五百坪、門前町屋千四百十坪、朱印寺領五百

石《こく》であった。

その寺の山門前に到着すると土地の氏神様に初参りにいった風情《ふぜい》の百姓が善光寺にも立ち寄ってお参りしている姿が見られた。

三人はそんな境内の光景を横目に庫裏《くり》に回った。

昼下がりの庫裏には二人がかりで大すり鉢の胡麻《ごま》を擂《す》り潰《つぶ》す修行僧が向き合って作業していた。夕餉《ゆうげ》の仕度だろう。

「正月早々のことで申し訳ねえが、和尚《おしょう》さんにお目にかかれようか」

と亮吉が声をかけた。

修行僧が同時に顔を上げた。

「金座裏の政次若親分と、おれっちは手先だ」

若い僧が顔を見合わせていたが、一人が奥に消えた。一人だけでは胡麻擂りが出来ないと見えて、まだ十代と思える修行僧が三人を見ていた。

「町方の手先は盆正月もなしだが、お坊さんも大変だな」

亮吉が言いかけるところに、
えへんえへん
とわざと空咳《からせき》をしてみせた納所坊主《なっしょぼうず》の日諒《にちりょう》が現われ、

「金座裏の面々、和尚様は不在じゃが、何の御用かのう」

と聞いた。

「私は金座裏の宗五郎養子政次と申します。元旦早々お騒がせ致して申し訳ございません。御用ゆえお許し下さい」

と詫《わ》びてから政次が尋ねた。

「本石町の質商中屋さんはこちらに月参りをなされていたようですね」

「光右衛門様だね、毎月朔日《ついたち》にお見えでしたよ」

政次は月参りの札を懐から出して裏に書かれた符丁のようなものを日諒に示した。

「この符丁はなんぞ意味がございますので」

政次の問いに納所坊主の表情が険《けわ》しさを増し、なんぞ中屋さんにございましたかと聞いた。

「はい。年越しの晩に押し込み強盗に入られ、無慈悲にも一家奉公人ともども殺されなさったのでございますよ。それで私どもがこのようにお尋ねに上がったのでございます」

日諒は、
ぽかーん
とした表情を見せた後、なんということが……と呟いたきり言葉を詰まらせた。

「先の問いに戻りますが、この符丁の意味をご存じにございますか」

政次の問いに日諒は激しく首を振った。

「なにもご存じないのですね」

「金座裏の、その符丁は光右衛門様の覚え書きでしょうね。お参りの後、腰の矢立《やたて》から筆を出して書かれるのを何度か見たことがございます」

「覚え書きとは月参りに関することでしょうか」

苦笑いしながら日諒が答えた。

「それが、月参りに見えられる割には、光右衛門様はさほど熱心に仏供養をしていたわけでもなさそうで」

「どういう意味にございますか」

「いえね、光右衛門様が寺に預けてある風呂敷包みの帳簿になんぞ書き込むのが月一参りの真の用事ですよ」

「なるほど、帳簿に書き込んだ内容を自分だけに分かる符丁で覚え書きとして、手元に置いたものでしょうね」

「まずそんなところで」

「風呂敷包みを見せてもらえませぬか」

「和尚が不在にございますしなあ」

日諒は言外に寺は寺社方の支配だということを匂わせた。

「お坊さん、光右衛門様をはじめ七人が刺し殺されて未《いま》だ成仏も出来ないでおられるのでございますよ。私どもも寺社奉行をないがしろにしたいわけではございません。が、なにしろ正月です。この機会を逃すと下手人が高飛びしてしまうかもしれませぬ」

日諒はしばし迷った後、

「金座裏の、私の一存でお渡ししましょう。だけど書き付けは残していって下さいな」

とようやく許しを出してくれた。


元日の夕暮れ、金座裏の九代目宗五郎の前に政次たちが善光寺から持ち帰った帳簿と借用証文七枚が広げられた。

居間から大広間には手先たちが顔をずらりと揃えていた。

帳簿には中屋の全財産の覚え書きをはじめ、これまでだれに金子を用立てたか、また利息の受領、元金の返済などが事細かに書き込まれていた。

当然のことながら七枚の借用証文はただ今光右衛門から金子を借りている者たちが入れた証文だった。


「中屋の財産の総額は二千七百五十余両か。さすがに弟だな、およそのところは言い当てていたぜ」

と宗五郎が呟き、

「この七枚の証文の中にまず下手人がいよう」

と政次たちの前に証文を広げて見せた。

「中屋のある本石町三丁目から一番近いのは伊勢町河岸《いせちようがし》の須賀梅《すがうめ》だが……」

「親分」

と高ぶった声を上げたのは、八百亀だ。老練な手先も年の暮れから金座裏に泊まり込んでおり、家族が待つ長屋には戻ってなかった。

「なんぞ考えがありそうだな、八百亀」

「安針町《あんじんちょう》の糸金《いときん》の金五郎《きんごろう》が中屋から三百二十両を借りているね」

「これか」

宗五郎が一枚の証文を抜き出した。

「糸金は魚河岸でも古手の乾物屋だが、当代の金五郎は遊び好きだ。商売に身を入れないせいで商いもうまく立ち行かず、借財も方々にかなりの額があるという噂《うわさ》だぜ」

「悪い評判が立っているか」

「おれが承知なのはその程度だが、もう一つ気になることがあらあ」

「なんだえ、八百亀」

「金五郎の本宅は岩代町《いわしろちょう》だがよ、道浄橋際に妾《めかけ》を囲っていやがる」

「ほう、道浄橋となると二八蕎麦屋の文吉と殺された中屋の番頭の義平が出会って、年越し蕎麦の出前の念を押した場所だな。それに中屋からまっすぐ半丁もないか」

「路地を伝えばまず夜中のことだ、初詣《はつもうで》の人間にも会うめえよ。そういやあ、妾は品川の女郎を落籍《ひか》せたと聞いたことがあったがねえ。この妾のおはつもなかなかの玉《たま》と耳にしたぜ」

「八百亀、それにしては糸金は乾物屋だぜ。てめえんちで商う削り節を使ったにしちゃあ、蕎麦の出来がよくねえぜ」

「女郎上がりのおはつが拵《こしら》えたとしねえ、そんなもんだぜ。またよ、その辺の塩梅が分かっちゃいねえのが金五郎だ。老舗《しにせ》の店を傾かせ、借金を重ねた出来損ないの出来損《そこ》ないたる所以《ゆえん》だろうよ」

「全く八百亀の言うとおりかもしれねえや」

色めき立つ手先たちを前にしばし宗五郎は瞑想《めいそう》して考えた。

目が開けられた。

「八百亀、中屋から運び出された千両箱は妾の家だろうな」

「本宅の岩代町はちょいと遠いや、まず道浄橋で間違いなかろうぜ」

「念のためだ、三手に分かれて探りを入れよう。一組は安針町の店、もう一組は岩代町の本宅、最後の一組は道浄橋際の妾の家だ。政次、おめえが妾のおはつの家の探りを指揮しねえ。岩代町は稲荷《いなり》の正太《しょうた》、安針町はだんご屋、おまえが頭だ」

「承知しました」

「へえっ、合点《がってん》だ」

と手先たちが逸《はや》り立った。

「大勢が正月早々ばたばたして怪しまれてもいけねえ。いいか、それぞれ工夫して探りを入れねえ。おれと八百亀は本陣の金座裏で待つ」

宗五郎の命にそれぞれの組が金座裏から姿を消した。

日本橋の魚河岸の東と北を鉤《かぎ》の手に堀が囲っていた。この堀は日本橋川につながり、荷の上げ下ろしに便利なように魚河岸は堀で囲まれているのだ。

乾物問屋糸金の主、金五郎がおはつを囲う妾宅は、鉤の手に曲がる堀端に架かる道浄橋の北側の路地奥にあって、中屋の裏口と路地一本で繋がっていた。

妾宅《しょうたく》に探りを入れよと宗五郎から命じられた政次の下には常丸と亮吉が従っていた。

元日の夜だ。

どこの家からも酒を飲み、御節料理を食べて寛《くつろ》ぐ様子が伝わってきた。

おはつの妾宅からも大勢で酒を飲む賑《にぎ》やかな騒ぎ声が響いていた。

黒板塀に囲まれた妾宅の敷地は七、八十坪か。威勢がよかったという糸金の先代が買い求めたものだという。

「正月のことだ、聞き込みというわけにもいかないな」

常丸がどうしたものかという風に呟いた。

「若親分、ここはさ、おれに任せてくんな」

「どうする、亮吉」

「ここまでくれば遠回しの探りは無用だ。この独楽鼠の亮吉様が床下にも這《は》いずり込む」

「大勢仲間が集まっているようだ」

政次がそのことを気にしたが、

「まあ、任せておきなって」

天水桶《てんすいおけ》が積まれた上に亮吉はするすると這い上がり、塀の上に手をかけると音も立てずに敷地の中に飛び降りた。


金座裏には寺坂毅一郎がふらりと姿を見せて、

「どんな風だ」

と探索の模様を聞いた。

宗五郎は政次らが探り当ててきた帳簿と借用証文を見せた。

「正月だというのにえらく進んだものだな」

「ただ今、この証文の中から糸金の主の金五郎に的《まと》を絞って探索の輪を縮めているところにございますよ」

「となれば今晩のうちにも七人殺しの下手人をひっ括れそうだな」

「そううまくいきますか」

おみつが茶を運んできて、

「旦那、元日の宵《よい》というのに、茶というのもなんですが」

と差し出した。

「寒空に手先たちが飛び回っているのだからな、因果《いんが》な商売さ」

と答えた毅一郎が茶碗に手を伸ばした。そこへだんご屋の三喜松と広吉《こうきち》が戻ってきた。

「旦那、親分、安針町の店はまっくらで人影はないぜ」

「まずそんなところよ。おめえらは台所に行って、温かい雑煮《ぞうに》でも貰え」

すぐ後に岩代町に飛んでいた稲荷の正太らが戻ってきた。

「親分、可哀想《かわいそう》に糸金の本宅では家族が火が消えたようにひっそりと正月の過ぎるのを待っているぜ。近くの家に聞いても金五郎は久しく家に戻ってねえそうだ。道浄橋の妾宅に入り浸《びた》りだ」

「となると本星《ほんぼし》はおはつの家か」

玄関に慌《あわただ》しい物音がして、常丸が飛び込んできた。

「親分、独楽鼠が忍び込んだはいいが、なんの連絡もねえんだ」

「なんだと」

「若親分が独り見張ってなさらあ」

「よし、出張りだ」

寺坂毅一郎が凜然《りんぜん》とした命を下した。

黙って長火鉢の前から立ち上がった宗五郎が神棚の金流しの十手を摑み、後ろの帯に差し込んだ。そして、銀のなえしを取ると、

「行くぜ」

と手先たちに声をかけた。

気配を察したおみつが火打石を取り、道浄橋へと走る宗五郎と手先たちの背に切り火を打った。

道浄橋の妾宅では急に慌しい気配が起こった。

政次は忍び入った亮吉が見付かったなと思った。もはや躊躇《ちゅうちょ》はできなかった。手に得物一つないが裏戸を押し破ろうと身構えた。

その背に足音を忍ばせて迫りくる人の気配がした。

振り向くと寺坂毅一郎と宗五郎が肩を並べて路地に走り込んできた。

「政次、なえしを使え」

「はい」

義父から銀流しのなえしを押し頂いた政次は裏戸を振り返り、肩を丸めると戸板にぶちかましていった。

めりめり
と板戸が裂け、そいつを蹴《け》り破った政次が真っ先に飛び込んでいった。

「亮吉！」

「若親分よ、糸金の金五郎が中屋殺しの張本人だぜっ！」

と妾宅の中から亮吉の叫ぶ声が応じた。

「それっ！」

宗五郎の命令一下、政次を先頭に雨戸を蹴破り、妾宅に飛び込んだ。すると独楽鼠の亮吉が真っ黒に陽《ひ》に焼けた大男に襟首《えりくび》をふん摑まれ、足をばたばたさせていた。

銀流しのなえしを構えた政次が、

「糸金の金五郎、中屋に押し入って光右衛門ら七人を刺し殺した経緯《いきさつ》、およその調べはついているんだ。神妙に金座裏の宗五郎親分の縛《ばく》につけえっ！」

と叫んだ。

金五郎が、
ひえいっ！

と腰を抜かそうとするのを妾のおはつが、

「旦那、しっかりおしな。こうなったら、御用聞きを叩き斬《き》って、兄さんの船で木更津《きさらづ》に逃げるよ」

と檄《げき》を飛ばした。

亮吉の襟首を吊り下げていた大男が鮪《まぐろ》包丁を振り翳《かざ》して、

「やいやい、江戸の十手持ちなんぞが怖くて押送船《おうそうせん》の船頭が務まるものか。こいつのそっ首、叩き落されたくなかったら、道を開けろ！」

と喚《わめ》いた。

押送船とは鮮魚を積んで一刻も早く市場などに輸送する早船で、櫓と帆の両用で荒天の海でも突っ走った。生きのいいのが身上の船頭、荒くれ者が多かった。

仲間たちも一斉に長脇差《ながわきざし》や匕首を構えた。

「亮吉、亀になれ、襟に首を引っ込めねえ」

政次の声が飛び、足をばたつかせていた亮吉が首を竦めて身を捻《よじ》ると偶然にも帯が解けて、独楽鼠の体だけが畳の上に、

すとん

と落ちた。

その瞬間、政次の手から平紐《ひらひも》が伸びて銀流しのなえしが飛び、大型の鮪包丁を構えていた大男の首に平紐が絡むと、

くいっ

と締め上げた。

同時に金座裏の面々が金五郎やおはつ、仲間たちに飛び掛かっていった。

金座裏に宗五郎らが戻ったのは、元日ももう半刻ほどで過ぎようという刻限だった。だが、金座裏の大広間には正月の御節料理が並び、おみつやしほたちが待ち受けていた。

「おおっ、半日遅れの正月が来たぜ」

そう叫ぶ亮吉に、

「独楽鼠、おまえさんには初席を一席語ってもらってから正月ですよ」

と長火鉢の前に豊島屋の清蔵が鎮座して叫んだ。

かたわらには一足先に捕り物の顚末《てんまつ》をおみつに知らせに戻った八百亀がいて、清蔵の相手をしていた。

「今日は旦那の方から出向いてきたのかえ」

「年始に立ち寄ったら中屋さんがえらい目に遭ったと聞きましたからね、待っておりました」

「なんてこった。喉《のど》がからからなのに長談議かえ」

「およそのところは八百亀から聞いたよ。おまえが潜り込んだあたりからでいいよ」

「仕方ねえ、掻《か》い摘《つま》んで独楽鼠の活躍を申し述べるか」

亮吉が大広間から居間へと膳が並ぶ一角にぴたりと座って、両手を打ち合わせて拍子をとった。

「ようよう、むじな亭亮吉師匠！」

清蔵が調子を入れた。

「本石町質商中屋一家年越しの皆殺し騒ぎの大団円をひとくさり読み切ります。首謀者はもはや皆様ご存じのように乾物問屋の糸金の主、金五郎と妾のおはつにございます。年の暮れ、二八蕎麦の文吉爺と中屋の番頭義平が偶然にも道浄橋際で言葉を交わすのを聞いたおはつは蕎麦屋に化ければ、中屋に入り込めると知り、金に窮《きゅう》していた旦那の金五郎と相談、中屋に押し入る手筈《てはず》を整えたのでございます。その一味に木更津から魚を魚河岸に運んでくる押送船の船頭の兄、寒五郎《かんごろう》とその仲間を加え、中屋の内蔵の金子を掻っ攫《さら》う算段をつけたのでございます。大つごもりの当日、おはつが糸金の商売物の削り節をふんだんに使った蕎麦を拵え、あたかも文吉爺さんが注文の蕎麦を届けてきたように装い、女中に裏戸を開けさせました。一方で文吉爺さんの担ぎ屋台の火を消して、時間稼ぎをしたのでございます。この押し込みには、なんと妾のおはつも加わり、総勢八人で一気に奉公人を刺し殺し、光右衛門に内蔵を開けさせて、有り金二千七百余両を盗み出したのでございます」

「ほう、中屋さんはなかなか貯め込みましたな」

「清蔵旦那、本業じゃねえや。闇の金貸しで貯め込んだのだ」

「ふうーむ」

「金五郎のもう一つの狙いは借金の借用書を奪い取ることでしたが、光右衛門さんは月一度の月参りにいく青山善光寺にこの証文を預けるという用心深い人にございました。それを推量してそこまで行き着いたのは銀のなえしの若親分政次その人にございました。その手柄のおかげで糸金の金五郎まで探索の手が伸びたのでございます」

政次が小さな声で、

「私だけの手柄じゃないよ」

と呟いた。それを聞き流して清蔵が言った。

「さて、妾宅に金座裏の面々が飛び込んだ場面ですよ。亮吉、おまえは寒五郎とやらに襟首を摑まえられて新巻鮭《あらまきざけ》のように吊るされていたそうですが、ほんとですか」

「八百亀の兄い、話したか」

八百亀が、

「旦那の追及が厳しくてな」

と答えた。

なんてこった、とがっかりした亮吉だったが気を取り直して、

「床下に潜り込んでさ、あやつらが小判の音をじゃらじゃらさせて木更津に逃げる話を聞いたところまでは上出来だったよ、旦那。表に待つ若旦那に知らせようと床下を這いずりだしたと思いねえ、そこをいきなり、押送船の船頭の寒五郎に首っ玉を引っ摑まれたんだ。さすがにおれも金玉が縮み上がったぜ」

「情けない」

「旦那、そう言うけどよ、ありゃ仕方ねえや。若親分を先頭にみんなが飛び込んできたときはほっとして、涙がこぼれそうになっちまったよ」

「なんてこった」

「だけどおれが聞き耳を立てていたおかげで、お調べが早く済んだんだぜ」

「分かった分かった。ともかくおまえが政次さんの銀のなえしの初舞台のお膳立てをしたことは分かったよ。ご苦労さん」

「ちぇっ、なんだか尻切れとんぼの話に終わったぜ」

「亮吉、おまえの素人講釈はそんなとこだ」

と宗五郎が笑ったところへ、しほたちが熱燗《あつかん》の酒を運んできて、半日遅れの金座裏の元日の宴が始まった。

第三話　唐獅子の鏡次

一

正月二日は外様《とざま》大名、布衣《ほい》以上の旗本も御礼登城があった。また御用達《ごようたし》商人や古町町人《こまちちょうにん》も御礼に出た。

金座裏《きんざうら》の九代目宗五郎《そうごろう》も黒羽二重《くろはぶたえ》の紋付《もんつき》小袖《こそで》に麻裃《あさがみしも》、白足袋《しろたび》に雪駄《せった》を履《は》き、腰に脇差《わきざし》を差すところを金流しの十手《じって》を落とし込んで御城に上がった。

十代目として披露された政次《せいじ》も紋付羽織袴《はおりはかま》姿で親分の供をした。宗五郎は年の内から政次同行を各役所に届けていたから、政次の御目見《おめみえ》登城は簡単に許された。

御礼登城の後、御金座の後藤《ごとう》家など御町内の主立った家に年礼参りをした後、二人が金座裏に戻ってきたのが昼前のことだ。

夜明け前まで飲んでいた住み込みの連中はようやく寝床から這《は》い出してきたところだ。

「若親分、七五三《しちごさん》みてえな格好をさせられてどこへ行きなさった」

亮吉《りょうきち》が寝ぼけ眼《まなこ》で聞いた。

「親分のお供で初めて御城に上がったのさ」

「公方《くぼう》様もお元気かえ」

「さあてな、御目見とは名ばかり、人ばかり多くて将軍様がご機嫌麗《うるわ》しいかどうかなど分からなかったよ」

「そりゃあ、ご苦労なこった」

政次と亮吉たちは朝餉《あさげ》と昼餉を兼ねた雑煮《ぞうに》を食べた。

「政次、独楽鼠《こまねずみ》を連れて、見回り方々ご町内を年始回りに出ておいで」

おみつが年の瀬に働いた二人に言った。

「いいかえ、政次は鉄砲町《てっぽうちょう》、亮吉はむじな長屋を回ってくるんだよ」

とそれぞれの実家に顔を見せろと念を押した。

「おかみさん、むじな長屋に面《つら》を出してもおもしろくもおかしくもねえや」

「馬鹿《ばか》野郎、正月早々なんてことを言うんだ。かりにもおまえのおっ母《か》さんじゃないか。元旦に顔出しするのが礼儀だが、今年は御用で行けなかったんだ。ちゃんと挨拶《あいさつ》してきな。そうしなければ金座裏に金輪際《こんりんざい》出入りさせないよ」

と怒られた亮吉は、

「へえっ、仕方ねえ、行ってくるか」

と、おみつが用意した手土産《てみやげ》の包みを提げた。

おみつは実家に戻る養子の政次の衣服に目を配り、飾り職人の父親には角樽《つのだる》を、母親には京下りの干菓子《ひがし》などを手土産に持たせた。

「若親分、まず鉄砲町からだな」

二人は政次の実家のある鉄砲町に向かった。

鼓《つづみ》を鳴らしながら三河《みかわ》万歳がいく江戸の町はなんとなく長閑《のどか》だった。

「中屋《なかや》の事件がさ、早手回しに解決したからさ、年始参りも出来るというもんだ。おかみさんは気を利《き》かしてよ、おれたちの実家巡《めぐ》りをしてこいと言いなさったが、最後はやっぱり豊島屋《としまや》だねえ」

江戸の店は正月二日が初売りでどこも商い初めだ。

年末年始と金座裏で過ごしたしほも長屋に戻り、今日からすでに働いていた。

「せめて松の内くらい騒ぎがないといいがな」

政次と彦四郎《ひこしろう》と亮吉の一家は鎌倉河岸《かまくらがし》裏のむじな長屋で一緒に育った。だが、彦四郎と政次の一家はむじな長屋を出て、昔の長屋に残るのは亮吉と母親せつの一家だけだ。

政次の一家が引っ越した鉄砲町の二階長屋は中屋があった本石町《ほんごくちょう》に続く町家だ。

二人は表通りから中屋のある路地奥を覗《のぞ》き見ながら、政次の実家に立ち寄った。

「おおっ、二人して御礼参りか」

実父である飾り職人の勘次郎《かんじろう》が二人を迎えた。

階下の作業場は清々《すがすが》しくも片付き、鏡餅《かがみもち》が飾られてあった。また道具類も手入れがされて三が日ばかりはお休みだ。

政次の声に飛んで出てきた母親は長屋に上げて歓待したい様子を見せたが、職人の親父は、

「今年は金座裏に養子に入って初めての正月だ。金座裏は付き合いが広いや、親分を助けてせいぜい年始参りを手伝え」

と、胸の気持ちとは裏腹に倅《せがれ》を早々に追い立てた。

「おっ母《か》さん、また顔を見せにくるよ」

政次は名残《なご》りおしそうに鉄砲町の長屋をあとにし、鎌倉河岸のむじな長屋へと回ることにした。

二人は通りを避けて龍閑橋《りゆうかんばし》から続く堀端に出た。

柳の枝が垂れた水面《みなも》を年始回りの客を乗せた猪牙舟《ちよき》が行く。

「彦四郎はいまいが、綱定《つなさだ》に挨拶していこうか」

「ほいきた」

亮吉は手土産を揺すった。

「亮吉、おっ義母さんが折角綺麗《きれい》に包んでくれなさったんだ。そう振り回さないで持っていけないいか」

「なんぞ洩《も》れるものが入っているかねえ」

「そうではないがさ、むじな長屋に着いた時分にはぐちゃぐちゃだよ。綱定で包み直してやろう」

と元松坂屋《まつざかや》の手代だった政次が言った。

「政次よ、そう周りに気を遣ってばかりだとよ、しんどいぜ。おれといるときくらい気を

ならないよ」

「お店《たな》の奉公をしているときからこう躾《しつ》けられてきたのさ。もう自分の気性と同じで気に

抜け」

「そういうもんかね」

と答えた亮吉が尋《たず》ねた。

「政次、一度聞こう聞こうと思っていたがさ、親が変わるってのはどんなもんだ。もう慣れたか」

「亮吉、親が変わったわけではないよ、増えただけだ。鉄砲町も親なら、金座裏も養父養母様だ。慣れるもなにも選んだ道だ、歩き通すより仕方あるまい」

「おれには出来ねえ」

と亮吉が答えたとき、

「若親分、どぶ鼠、年始参りか」

と水の上から声がかかった。

真新しい綱定の法被《はっぴ》に豆絞りの手拭《てぬぐい》できりりと鉢巻をした彦四郎が、どこぞの隠居を乗せて櫓《ろ》をゆったりと漕《こ》いでいた。

「どこへ行く」

「加賀大條のご隠居を浅草の初参りに送っていくところだ」

加賀大條は金吹町《かねふきちょう》の有名な菓子舗だった。

「気をつけていけ、夕方さ、豊島屋で待っていらあ」

「あいよ」

悠然とした櫓捌《さば》きで彦四郎の猪牙舟は遠ざかっていった。

盆暮れ正月もなく忙《いそが》しいのが船宿だ。

綱定の河岸では艶《あで》やかな島田《しまだ》髷《まげ》に結《ゆ》い上げたおふじが、今しも馴染みの客を乗せた屋根船を送り出したところだった。

「女将《おかみ》さん、明けましておめでとうございます」

と対岸から丁寧《ていねい》に腰を折って挨拶する政次に、

「あら、政次さん、亮吉さん、今年もよろしくね」

と晴れやかな声を返してきた。

「どう、彦はいないけど一杯飲《の》んでいかない」

「そこで会いました」

と答える政次のかたわらから、

「他所《よそ》の家の酒の味はまた格別だ。女将さん、寄っていいかえ」

と亮吉が叫んだ。

「どうぞ橋を渡ってお出でなさいな」

と応じるおふじに政次が言った。

「女将さん、駄目ですよ。これから亮吉の長屋に挨拶に行くところです。こちらで引っかかったら、むじな長屋まで今日じゅうに辿《たど》り着きませんよ」

「そうだねえ、ならば誘うのは遠慮しとこうかな」

ちぇっ
と亮吉が舌打ちした。

そのとき、政次は龍閑橋の上に佇《たたず》んで御城を眺める武家を見ていた。年始参りの侍ではなかった。明らかに浪々の身を示して、着古した衣服だった。

「やはりそうだ」

と呟《つぶや》いた政次が、

「渡辺様《わたなべ》」

と呼んだ。

呼ばれた武士が振り返った。そして、しばらく政次と亮吉の姿を見ていたが、

「おおっ、政次どのか」

と叫び返した。

武士は年の暮れ赤坂田町《あかさかたまち》の神谷丈右衛門《かみやじようえもん》道場に道場破りに来た渡辺堅三郎《けんざぶろう》だった。

「御城見物ですか」

「まあ、そんなところだ」

政次と立ち合ったときよりも顔の表情に、どことはなしに余裕があった。だが、心の中になにか憂《うれ》いか翳《かげ》りを溜めていることに変わりはなかった。

政次たちは龍閑橋に歩み寄った。

「このように早い機会に再会できようとは思いませんでした」

「神谷先生が当分道場のお長屋で暮らせとお許しになったのだ。お蔭様で住まいと食事には不自由せぬ暮らしをしておる」

「そうでしたか」

義父のご託宣《たくせん》が当たったなと考えながら、

「年末年始と御用繁多《ごようはんた》で道場に顔出しできませんでした」

頷《うなず》いた渡辺が聞いた。

「政次どのは年始参りかな」

「ええ、その途中です」

と答える政次に亮吉が、だれだえと小声で聞いた。

「神谷先生のところで知り合った渡辺堅三郎様だ」

「腹っぺらしの道場破りか」

「亮吉」

注意する政次に渡辺が笑い出し、

「こっぴどく政次どのに叩きのめされた道場破りの渡辺堅三郎にござる」

と亮吉に屈託《くったく》なく名乗った。

「そうか、政次どのは江戸で名代《なだい》の御用聞き、金座裏の宗五郎親分の御養子であったな。

「金座裏とはこの近くか」

「はい。あそこに見える常盤橋《ときわばし》の前が御金座でございまして、その裏手がうちなんです」

政次はそう答えると、聞いた。

「渡辺様、御城見物はお済みでございますか」

「浪々の身には時だけが存分にあってな」

「この鎌倉河岸には名代の酒問屋豊島屋がございます。親戚《しんせき》付き合いのようなお店でございます。私どもはあと一軒だけ年始参りを済ませてきますから、そこで落ち合い、新春のお酒を酌《く》み交わしませぬか」

「ほう、この界隈には金座裏の親分をはじめ、名代老舗《しにせ》の町人がお住まいか。御城近くゆえいかにもそうであろうな。それがしは一向に構わぬが」

「参りましょう」

政次は渡辺を豊島屋に誘った。

「政次若親分、むじな長屋にはおれだけで行ってくらあ。おかみさんが持たせてくれた手土産を放り込んですぐに戻ってくるぜ」

と走り出しそうな構えを見せた。

「亮吉、駄目だ。私も一緒だ」

政次は渡辺と亮吉を連れる格好で鎌倉河岸に堂々とした店構えを見せる豊島屋の前に立った。

「若親分、いらっしゃい」

真新しいお仕着せと「」に十の字を染め抜いた前掛けをかけた小僧《こぞう》の庄太《しょうた》が政次たちを迎えた。

「庄太、おめでとう。今年もよろしくな」

「こちらこそよろしくお願いしますよ」

店先の問答に大旦那《おおだんな》の清蔵《せいぞう》が紋付羽織袴に白扇《はくせん》を差して姿を見せた。

「昨日はお手柄でした」

と言いかけた清蔵が渡辺を見た。

「清蔵様、渡辺堅三郎様にございます。むじな長屋まで年始参りに行ってきます間、渡辺様に名物の田楽《でんがく》と銘酒をお願いできますか」

「心得たよ。どぶ鼠一人だと長屋の木戸口から引き返してこないとも限らない。政次さんが付いていっておくれ」

と事情を呑み込んだ清蔵が胸を叩いた。

「おやおや、亮吉の信用のねえこと極まれりだ」

「おまえに信用のかけらもあるものか」

と応じた清蔵が、

「ささっ、渡辺様、こちらにお入りなさい」

と渡辺堅三郎を豊島屋に招き込んだ。

四半刻《しはんとき》（三十分）後、政次と亮吉が豊島屋に戻ってみると店の中から渡辺堅三郎の高笑いが響いてきた。

「あの腹っぺらし侍め、豊島屋が気に入ったらしいぜ」

亮吉が言い、暖簾《のれん》を肩で分けた。

二人を迎えたのは四季を描き分けた総模様の友禅《ゆうぜん》姿のしほだった。

豊島屋の店を照らす行灯《あんどん》の淡い明かりに浮かんだしほの姿は、政次と亮吉の二人が思わず足を止めて見入ったほど初々《ういうい》しくも美しかった。

「どうしたの、お二人さん」

政次は結い上げられた髷に飾られた菊文金銀びらびら簪《かんざし》が、一際《ひときわ》しほの美しさを際立たせているのを見た。

「どうしたって、別人かと思ったぜ」

「亮吉さんたら、私が普段《ふだん》はひどい格好をしていると言いたいの」

「そうじゃないけどさ」

しほが政次に、

「寛政《かんせい》のご改革の最中だけど。正月くらいは華やかになさいと、おみつさんが娘時代の小《こ》袖《そで》をお貸し下されたの」

と頭の金銀びらびら簪を振って見せた。するとと短冊の銀が触れ合って、音を響かせた。

「よく似合うよ」

政次が短く気持ちを伝えると、

「ささ、渡辺様もお待ちかねよ」

としほに案内されていつもの席に腰を落ち着けた。

渡辺の顔はほんのりと赤くなっていた。

「政次どの、こちらは酒も上酒なら田楽も大きくてうまい。そなた方はよきところにお住まいにござる」

「渡辺様は因幡《いなば》国鳥取新田《しんでん》藩三万石の池田様にお仕えになっておられたそうですよ」

と清蔵が政次に言った。

好奇心の旺盛な清蔵にかかればどんな口の固い者でもつい喋《しゃべ》ってしまう、亮吉などは捕り物の度に講釈までやらされるほど聞き上手なのだ。しほが新しい酒と田楽を運んできた。

「改めて新年を賀しましょうかな」

清蔵が音頭をとって全員で、

「おめでとうございます」

を言い合った。

「政次さん、近頃鎌倉河岸では金座裏の後継におまえさんが決まりなすって、探索も厳しさを増した。中屋の事件なんぞは下手人《げしゅにん》を二日とのさばらせていなかったと評判ですよ。そのうちね、金流しの十手同様に若親分の銀のなえしが江都《こうと》に知れ渡りますよ」

と清蔵が正月酒に酔い、いつもに増して饒舌《じょうぜつ》になって披露した。

「中屋の事件は私だけで解決したわけではございません。寺坂様の指揮と親分の後ろ盾、手先方の地道な聞き込みの結果です」

「おまえさんならそう言うと思ったが、この清蔵の眼力《がんりき》は騙《だま》せませぬ」

「豊島屋どの、銀のなえしとは一体なんでござるな」

渡辺が尋《たず》ねると、よう聞いてくれたとばかりに清蔵がなえしが政次の手に渡った経緯《いきさつ》を語った。

「ほう、金座裏には金流しの十手と銀のなえしの対がござるか」

「金座裏の十手は公方《くぼう》様ご公認の十手ですよ、次には必ず銀のなえしのことが御城に届く日が参ります。いえ、そのように心を引き締めて若親分も働かねばなりませんぞ」

と正月早々清蔵の激励とも小言ともつかぬ長談議を聞かされる羽目になった。

夕暮れになり、彦四郎が姿を見せる前に渡辺堅三郎が、

「道場に居候《いそうろう》の身にござる。それがしはこれにて失礼をば致す。ちと手元不如意《ふにょい》ゆえ割り勘定《かんじょう》で願いたい」

と申し出た。政次がお誘いしたのは私ですと言う前に清蔵が答えた。

「本日は素人《しろうと》談議を聞いてもらったお礼です、勘定はお忘れ下さい。それより渡辺様、この界隈を通られたらいつでもお立ち寄り下さい」

「真《まこと》に心苦しいが馳走《ちそう》になろう」

ご機嫌の渡辺を政次が表まで見送りに行った。

渡辺は、

「本日は楽しかった。久方ぶりに心が晴れ晴れとしたようだ。政次どの、次の稽古《けいこ》日にはまたお手合わせをしてくれよ」

と言うと鎌倉河岸を龍閑橋の方角へと消えていった。

二

「渡辺様はお帰りになったか」

政次が席に戻ると清蔵が聞いた。

「はい。大変楽しかったと何度も申されて帰られました」

「しかし、なんぞ胸に懸念《けねん》をお持ちのようだがそれがなにか……」

と清蔵は首を傾《かし》げた。

「さすがの旦那も摑《つか》めなかったか」

亮吉が口を挟んだ。

「お武家様だねえ、心を開いてくれたとは思ったが肝心のことはすいっと素通りしてかわされた。敵討《かたきう》ちかなにか、なんぞ私の知らぬことを隠しておいでのはずだがな」

と清蔵はちょっぴり残念そうだ。

「江戸の暮らしが落ち着けば渡辺様のほうから口を開かれましょう」

と政次が言った。

その時、豊島屋に、
どどっ
と若い鳶《とび》の連中十数人が入ってきた。

「火消屋敷での出初《でぞ》めの帰りに頭《かしら》の家で一杯ご馳走になった連中だな」

と亮吉が見るとはなしに見ながら言い、しほや女衆が急に忙《いそが》しくなった。

正月二日、火消し連中は辰《たつ》の口火消し屋敷にいろは四十八組の町火消しが集まり、出初めの儀式を執《と》り行った。

その後、自分の町内に引き上げて、梯子《はしご》乗りなどを披露して町内のお店などから御祝儀を貰う。それだけに懐《ふところ》が暖かい。

御城近くの金座裏から鎌倉河岸界隈を差配するのは、いろは四十八組の筆頭一番組い組の連中だ。だが、豊島屋に入ってきた連中は、八番組わ組の法被《はっぴ》を着ていた。

政次も亮吉も湯島天神下《ゆしまてんじんした》から下谷《したや》にかけてが受け持ちのわ組がなんで鎌倉河岸に姿を見せたかと思いながら、いつにも増して賑《にぎ》わいを見せる店内を見渡した。

酒が美味《うま》くて安く、大きな田楽が名物の豊島屋だ。

御節《おせち》料理に飽きた連中がなんとなく集まっていた。

馴染みの連中が多く、年始回りの流れの主従、荷船の船頭、職人、屋敷奉公の中間小者《ちゅうげんこもの》たちがいた。侍の姿もないことはないが、さすがに大身《たいしん》の武士はいなかった。

新たな客が入ってきたせいで、豊島屋は新年からさらに注文の声が景気よく行き交った。

とくに鳶の連中はすでに酒が入っているらしく、伝法《でんぽう》な言葉遣いでしほたちに命じていた。

「おおっ、さぶっ」

と大きな体を竦《すく》めて彦四郎が店に入ってきて、ようやく三人組が揃《そろ》った。

「初仕事は終わったか」

亮吉が聞いた。

「終わった終わった。なんだか今戸橋《いまどばし》へ二度も往復したぜ」

「吉原《よしわら》の客か。うらやましいな」

「しほちゃんに聞かせてえ台詞《せりふ》だな」

「駄目だよ、彦。そうでなくともおれの信用はねえんだ」

「ああっ、一かけらもねえな」

と答える彦四郎の前に小僧の庄太が方口《かたくち》で頃合に燗《かん》がつけられた酒を運んできた。

「有難《ありがて》え、庄太よ」

彦四郎は方口を受け取ると寒さに凍えた体の内部から温めるようにくいっと飲み干して、

「生き返った」

とほっとした顔をした。

「庄太、馴染みの旦那から貰った祝儀だ、おまえにおすそ分けしよう」

と彦四郎が庄太に二朱を渡した。

「ありがとう、彦四郎さん」

と礼を言って押し頂いた庄太が清蔵に告げた。

「大旦那、鳶の連中、手癖《てくせ》が悪いですよ。しほさんのお尻を触ったりしているんですよ」

「なにっ、そんなことを」

清蔵がわ組の連中を見たときだった。

「どさんぴん、なんぞ注文をつけようというのか!」

大声を張り上げた鳶の一人、巨漢が一人の武士に喚《わめ》きかかっていた。そのかたわらにはしほが立ち、困惑の体《てい》で間に入って宥《なだ》めようとしていた。

「お客様、豊島屋は和気藹々《わきあいあい》と酒を楽しむ店にございます。どうかご機嫌を直してお座り下さいな」

「いや、勘弁ならねえ。おれっちが機嫌よく酒を飲んでいるところへもう少し静かに酒が窘《たしな》めぬかだと。こっちはじゃんと鐘が鳴りゃあ、火の中に飛び込んでいこうという、命知らずの鳶のお兄さん方だ。それも年の始まりの出初めの帰りだぜ、機嫌よく飲もうという鼻先に貧乏たらしい顔をして、文句をつけやがったな!」

拳《こぶし》を振り上げた様子は、すでに振る舞い酒に酔っているようだ。

仲間たちも男をけしかけた。

「機嫌を悪くされたか、ならば謝ろう」

一人酒を飲んでいた浪人が酔っ払いと見て、頭を軽く下げた。

「ならねえっ。詫《わ》びるというなら土下座して謝れ！」

清蔵が立ち上がろうとした。

「大旦那、ここはおれたちの出番だ」

と亮吉が制して、

「あの浪人さんは馴染みかえ」

と聞いた。

「去年の夏に皆川町《みながわちょう》の裏長屋に越してこられた方ですよ。時折りお顔を見せて頂きます」

「ご町内の人か。わ組の連中め、しほちゃんの尻に触るなんぞ、礼儀も心得ねえ連中だぜ、酒の飲み方も知らねえな」

亮吉はそう言うと飛び出していった。

「独楽鼠め、揉め事を大きくしなきゃあいいが」

と言う清蔵の杞憂《きゆう》の言葉に政次と彦四郎もゆっくりと立ち上がった。

「兄さん方、鎌倉河岸の豊島屋は身分を忘れ、仕事を忘れて、酒を楽しく飲むところだ。それに今日は正月二日、年初めに大声あげちゃあ、周りのお客も迷惑すらあ。お侍さんの申されるとおり静かにしねえな」

「なんだ、てめえは。鎌倉河岸の石畳に足が擦《す》り切れたちびはすっ込んでろ！」

「兄い、酒癖が悪いな。悪態つくのもそれくらいにしねえな」

亮吉の語調が低くなっていた。そして、かたわらに立つしほに、

「しほちゃん、下がっていろ」

と命じた。

「大丈夫、亮吉さん」

二人の会話に相手がいよいよいきり立った。

「酒癖が悪いだと。わ組の梯子持ち、唐獅子《からじし》の鏡次《きょうじ》に吐《ぬ》かしやがったな！」

亮吉の小柄な体を見下した鳶が張り手を一発かませようとした。だが、亮吉のほうが数倍素早《すばや》かった。

鏡次の向こう脛《ずね》を右足で思いっきり蹴《け》り飛ばした。

「あっ、い、痛《い》てて」

とよろめき下がった鏡次が、

「もう許さねえ」

と喚くと法被の背に差し込んでいた鳶口を抜いて構えた。

政次と彦四郎が亮吉のかたわらに静かに立った。

「なんだ、てめえらは」

政次が、

「わ組の面々に申し上げよう。これ以上、騒ぎ立てちゃあなりません。私らは偶々《たまたま》居合わせた金座裏の御用聞き、宗五郎一統《いっとう》でございましてねえ、おまえ様を番屋に引き立て、一晩頭を冷やさせることもできないじゃあございません」

と諭《さと》すように言った。

鳶の兄貴分が鏡次の袖《そで》を引き、

「鏡次、相手が悪い。この場は引き上げようぜ」

と小さな声で言いかけた。

その言葉が鏡次をさらに錯乱させたようだ。

「金座裏がなんだ、御用聞きが怖《こわ》くて江戸の町が歩けるか。これでもくらえ！」

と鳶口で政次の眉《み》間《けん》目掛けていきなり叩きつけた。

政次は長身を沈めると鏡次の内懐にすいっと入り込み、鳶口を振るう腕を下から抱えて身を回し、鏡次の大きな体を腰車に乗せ、土間に叩き付けた。

くえっ
と鏡次が奇妙な呻《うめ》き声を上げて、長々と伸びた。

鳶の連中は仲間がやられたのを見て、立ち上がり、

「野郎、やりやがったな！」

「手先、叩きのめす！」

と口々に喚きながら銘々が鳶口を構えた。

兄貴分だけが困った顔をしていた。

政次の手にはいつの間に鏡次から奪い取ったか、鳶口があった。

「これ以上騒ぐと、わ組の頭取が迷惑を蒙《こうむ》ることになるがねえ」

静かに鳶口を構えた政次のかたわらから亮吉が、

「やいやい、てめえら、この方をだれだと心得る。耳の穴、かっぽじって聞きやがれ。金流しの十手の親分宗五郎の倅、十代目を継ぎなさる政次若親分だぜ！」

ちょうど店に入ってきた兄弟駕籠《かご》の弟繁三《しげぞう》が成り行きを察して、

「よう、独楽鼠、しっかり前座を務めろ！」

と叫んだ。

いい気分になった亮吉が、

「てめえら、金座裏の十代目は赤坂田町直心影流《じきしんかげりゅう》の神谷丈右衛門先生の愛弟子だぜ、それも免許持ちだ。おめえら火消しが百人かかっても適《かな》う相手じゃねえんだよ」

と啖呵《たんか》を切り、

「ついでに名乗っておこうか。独楽鼠の亮吉と後ろに控える彦四郎は、鎌倉河岸の三羽烏、名代の豪傑だ。おめえらが相手するというのなら、寒風吹き晒《さら》す鎌倉河岸に出ねえ。金座裏名物の一舞見せようか」

と大見得まで切ってみせた。

清蔵も亮吉のかたわらに来て、

「おまえさん方、今日のお代はいりませんよ。だがな、二度と鎌倉河岸界隈に足を踏み入れるんじゃありませんぞ。痩《や》せても枯れても古町町人の豊島屋清蔵が許しません」

と最後を締めた。

当然鳶の連中に味方するものは一人もいない情勢だ。さすがのわ組の連中も分が悪い。兄貴分が、

「おい、引き上げるぜ」

と仲間たちに顎《あご》で命じた。だが、引っ込みのつかない面々はどうしたものかと迷い顔だ。

その瞬間、彦四郎が動いた。土間に倒れる鏡次の襟首と腰帯を摑み、
ひょいっ
と巨体を高々と抱え上げると店の外に運んでいこうとした。

「綱定の彦四郎、日本一の力持ち！」

繁三が戸口の前から再び叫び、客たちがやんやの喝采《かっさい》を送った。

こうなれば鳶の連中も店を出るしかない。

政次が引き上げる兄貴分に、

「この鳶口、金座裏で預かりました。返して欲しければわ組の頭取、町役人と引き揃って金座裏にお出でなさい」

といつもの口調に戻り、宣告した。

騒ぎが鎮まり彦四郎が悠然と戻ってきて、店に再び歓声が一頻《ひとしき》り続いた。

清蔵が、

「浪人さん、嫌《いや》な思いをさせましたな」

と謝った。

「いや、騒ぎに火をつけておきながら、何も致さず見物に回ってしまった。相すまぬことであった。いやはや、金座裏の若親分一行がおられて心強いことであった」

と清蔵と政次に笑いかけた。

「浪人さん、今日の酒代は無料だ。今、熱燗を用意させますでな、存分に飲んでいってくださいな」

「主《あるじ》どの、それでは重ね重ね心苦しい」

顔を振り、胸を叩いた清蔵が、

「庄太、酒をどんどん運んでおいで」

と叫んでいた。

「旦那、おれたちはどうなるね」

兄弟駕籠かきの繁三と梅吉《うめきち》が指で自分の顔を指した。

「なにっ、騒ぎを見物した上に酒までただで飲もうという魂胆《こんたん》かい」

「まあ、それならいいなと」

「よし、今日は皆さんに迷惑をかけました。どなた様も正月の新酒、豊島屋の驕《おご》りにございます、存分にお召し上がり下さい」

と宣言して、豊島屋に一段と大きな歓声が響き渡った。

翌日の夕暮れのことだ。

金座裏の居間では北町奉行所《きたまちぶぎょうしょ》定廻同心《じょうまわりどうしん》寺坂毅一郎《てらさかきいちろう》が居合わせ、一枚の読売《よみうり》を前に宗五郎と話していた。

背後の神棚には鳶口も置かれていた。

あの場に読売屋の関わりの者が居合わせたか、なんと昨日の豊島屋の騒ぎが読売になり、売り出されていたのだ。

「金座裏の十代目、政次若親分売り出す、わ組の火消し連を一喝《いっかつ》」

と見出しにあった。

無論事情は政次たちから聞き知っていた宗五郎だが、読売の一件は寺坂に教えられたところだ。

そこへ玄関に声がして、青い顔をしたわ組の頭取、鳶の頭《かしら》でもある史吉《ふみきち》と町役人が打ち揃い訪れた、とうれしそうな顔をした亮吉が知らせに来た。

「なにっ、湯島下からすっ飛んできやがったか」

宗五郎が言い、

「今も松の内明けにも呼び出しをしようかと寺坂の旦那と話していたところだ。こっちに上げねえな」

と命じた。

正月の三日というのに、六人連れは血の気がなかった。金座裏の名に威圧された上に町奉行所の定廻同心の旦那が怖い顔をしているのを見て、六人はますます色を失い、いきなり畳に頭を擦り付けた。

「どうしなさった、わ組の頭取、町役の旦那方」

宗五郎の問いに、

「金座裏の親分、このとおりだ。面目ねえ」

「まずは顔を上げなせえ。話にもなにもならねえや」

何度も言われて、史吉が顔を上げた。

「恥ずかしながら、家の者に読売を見せられてこの一件を知ったのだ。驚いたのなんのって、兄貴分の今朝次《けさじ》を呼びつけて事情を聞いたら、読売に書かれてあるとおりだと言うじゃねえか。よそ様の町に行って理不尽な騒ぎを起こし、金座裏の若親分にとっちめられたなんて、江戸の町をわ組でございと歩けねえや。お叱《しか》りはどうにも受ける」

史吉はまた頭を畳につけた。

「金座裏の、私は湯島下界隈を差配する町役人の橘屋裕左衛門《たちばなやゆうざえもん》にございます。この度の不始末、言い訳ができるものじゃない。頭取は日頃から鳶、火消しは町の人のため役に立つのが務めだと口をすっぱくして教えてなさる。だが、わ組は大所帯だ、目が届かないことがあってこのような馬鹿者も現われる。出初めの酒につい酔ったと言い訳ができないことも承知だが、なんとか此度《こたび》だけは穏便《おんびん》にお願い申します」

「頭取、唐獅子の鏡次はどうしたね」

「へえっ、野郎は背中を打ったってんで、長屋でうんうん唸《うな》って寝ているそうにございます。すぐに謹慎させました。まずこちらにお詫びした後、昨日の連中を呼んで厳しい沙汰を申し渡します」

「気の毒に」

　と宗五郎が苦笑いした。

「寺坂様、どうしたもので」

「史吉、おまえと町役の顔に免じて、此度のことは大目に見てやろうか。だが、二度とこのような騒ぎは許さねえ」

寺坂の毅然《きぜん》とした言葉に一同がまた頭を下げた。

宗五郎が神棚から鳶口を下ろして、

「とにもかくにも商売道具を他人様《ひとさま》に振り上げてはいけねえな」

　と返した。

「金座裏の、すまねえ」

史吉が何度も詫びの言葉を繰り返して鏡次の鳶口を返してもらった。

頃合を見ていたおみつと女衆が酒を居間に運び込んで、

「三が日のことにございます。湯島下から駆けつけられた旦那方も金座裏の酒を飲んで、さっぱりした気持ちで引き上げて下さいな」

　と手際よく手打ちの酒を回した。

三

正月五日夜明け前、政次は銀のなえしを帯に差して赤坂田町の神谷道場に駆け込んだ。年末年始と事件が重なり、稽古を休んでいた。それに渡辺堅三郎のことも気になり、稽古に出たのだ。

薄暗い道場では、住み込みの弟子たちが固く絞った濡《ぬ》れ雑巾《ぞうきん》で道場の床の拭《ふ》き掃除を始めようとしていた。

「おめでとうございます」

「おおっ、政次さんか。年の暮れも正月もないほど御用に引っ張り回されていたようだな、読売で読んだぞ」

同じ年齢の住み込み弟子の結城《ゆうき》市呂平《いちろべい》が応じて、掃除が始まった。

政次も稽古着に着替えると雑巾を手にした。ひたすら無心に床の拭き掃除をしているとすぐに四半刻など過ぎて、いつの間にか門弟たちが三、四十人と顔を揃えていた。

だが、その中に渡辺堅三郎の姿はなかった。

そのことを気にしながらも政次は木刀の素振りから稽古を始めた。

「政次、相手を頼もう」

年上の門弟衆に誘われ、打ち込み稽古を繰り返した。

稽古をする門弟の数はさらに増えて八十人を超えていた。見所《けんぞ》には神谷丈右衛門も控え稽古を睨《にら》んでいた。

その丈右衛門が政次の打ち込みの相手をしてくれて、忽《たちま》ち朝稽古の刻限は終わった。見所に戻った丈右衛門が、

「十一日の鏡開きには双方二十人ほどを選び、東西戦を致すゆえ、それまでしっかり稽古を致せ」

と告げて道場が沸《わ》いた。

稽古終わりの挨拶の後、師範代《しはんだい》の龍村重五郎《たつむらしげごろう》に政次は渡辺堅三郎のことを聞いてみた。

「渡辺どのか。それがのう、昨日、外出から戻られた後、急にお暇《いとま》致すことに相なったとそれがしに申されてな、そそくさと道場を出ていかれたのだ」

「なんぞございましたのでしょうか。二日には偶然にも鎌倉河岸でお会いして、豊島屋で一杯酌み交わしたばかりです」

「そうであったそうだな。翌日の稽古の後、政次どのに馳走になったと実に嬉《うれ》しそうに話してくれたのにのう」

二人の会話を見所の丈右衛門が耳にして、

「政次、渡辺どのはなんぞ大望をお持ちのようだ。来るもの拒まず去るもの追わず、致し方ないわ」

と言いかけた。

「はい」

「それより政次、御用とは申せ、年末年始稽古を休んだつけが体の切れの悪さにきておる。道場に出られなくば、金座裏の庭で一人体を動かせ」

と丈右衛門が叱った。

「申し訳ございません。心して稽古に励みます」

と恐縮する政次にさらに丈右衛門が問うた。

「読売を読んだ師範代に知らされたが、事件を解決した礼に銀のなえしが贈られたそうではないか」

「師匠のご意見を伺《うかが》いたく考え、本日持参しました」

「なにっ、持参致したか。披露せえ」

政次は控え部屋から銀のなえしを持ってきた。

「ほう、これが銀のなえしか。これまでいくつかなえしは見たが凝った造りじゃのう。京の名のある刀鍛冶《かたなかじ》が鍛えた逸品だぞ」

「その平紐《ひらひも》は飛び道具に使えるように工夫せよと義父が付けたものにございます」

銀のなえしを手にした丈右衛門は道場に立ち、右に左に素振りして振り分けていたが、

「芯には玉鋼《たまはがね》が使われておるな。先端になるほど八角が幾分細くなっておるな、それが使う折に絶妙な均衡を保って、手にしっくりくるわ」

と、見事な動作で、突き、払い、叩く動作を繰り返し、最後には宗五郎が結んだ平紐を手首に絡めてなえしを飛ばし、捻り、動きを確かめた。

「政次、よきものを貰ったな。金座裏の金流しの十手同様の名物になるかどうか、それがしも工夫してみようか」

と言ってくれた。

「有難きお言葉にございます」

「ともかく稽古の折には常になえしを持参して工夫せよ」

「畏《かしこ》まりました」

道場をあとにして政次が金座裏に戻ったとき、すでに朝餉《あさげ》は終わっていた。

住み込みの常丸たちはすでに見回りに出かけたか、玄関先はがらんとしていた。

「ただ今戻りました」

庭で南天の鉢植えを見ていた宗五郎の背に挨拶した。

「どうだ、赤坂田町の道場は変わりないか」

振り向いた宗五郎が聞いた。

「道場は相変わらずの大勢の門弟衆の熱気で熱が籠《こも》った稽古ぶりにございました。私の相手をなされた先生から、稽古を怠《なま》けたつけが体の動きの悪さに出ておるとお叱りを受けました」

「さすがに神谷先生の目はごまかせぬな。年末年始と忙しかったから致し方ないと言えなくもないが」

「道場に通わずとも金座裏の庭先で一人稽古ができようとお諫《いさ》めになられました。本日から体を動かすように心がけます」

政次はさらに布に包んだなえしを出して、丈右衛門が技の工夫を考えると請け合ってくれたことを宗五郎に告げた。

「それは心丈夫なことだぜ」

「それはようございましたが、渡辺様はすでに道場を出ておられました」

と事情を話すと、宗五郎は首を傾げて考え込んだが、

「政次、朝餉を食べよ。渡辺様にはまた会う機会が巡《めぐ》りくるような気がする」

と御用聞きの勘で告げた。

広い台所にぽつんと政次の膳だけが残っていた。上にかけられた布巾《ふきん》を剝《は》ぎ取ろうとするとおみつが手に野菜を抱え、

「おや、戻っていたかえ」

と裏口から姿を見せた。

金座裏の横手の路地に野菜売りがやってくると界隈のかみさん連が集まって、瑞々《みずみず》しい野菜を求めたのだ。

「はい、つい最前《さいぜん》戻ってきました」

おみつの後からしほも姿を見せた。その手には梅の蕾《つぼみ》をつけた枝があった。

「政次さん、今、お味噌汁を温めるわ」

「しほちゃん、来ていたか」

「今日からおかみさんに着物の仕立て方を教えてもらうの」

「そうか、それはよかった」

浅利の味噌汁が温め直され、目刺しと漬物で丼飯を二杯食べた。

政次がしほの淹《い》れた茶を喫していると玄関先で声がした。

しほが出ようとするのを、

「私が行こう」

と制した政次が玄関先に行くと、八番組わ組の火消しの頭取の史吉と、豊島屋に顔を出して騒ぎを起こした鳶の兄貴分の今朝次がしょぼんとした顔付きで立っていた。

「おや、頭、どうなさいました」

「若親分、重ね重ねすまねえことが起こりそうだ」

と史吉が腰を屈《かが》めた。

「宗五郎もおります、まずは上がって下さいな」

政次が居間に恐縮する二人を招き上げると宗五郎が庭から縁側に上がりながら、

「頭取、また厄介事《やっかいごと》かえ」

と笑いかけた。

「いえね、若親分に痛い目に遭った唐獅子の鏡次でさあ、こちらから戻った後、うちに呼びつけましてね、町役の方々立ち会いの上、懇々《こんこん》と火消しの心得を言い聞かせたのでございますよ。そんときは野郎、黙りこくっていやがったんですが、長屋に戻った後、酒を飲んで暴れたようなんで」

「酒を飲んで憂《う》さを晴らすようじゃあ、腰の打撲も大したことはないか」

宗五郎が笑った。

「へえっ」

と答えた史吉が、今朝次、お話し申せと兄貴分に命じた。

「鏡次の野郎、火消しの面子《メンツ》を潰《つぶ》された上に頭取が金座裏に詫びを申し入れたと怒りましてね、火消しは意気の商売だ、一々御用聞きなんぞに、いえ、わっしが言ったんじゃないんで、唐獅子の野郎が言ったんで」

「気にせず話しなせえ」

「御用聞きなんぞに頭を下げる火消しの頭取の下で命が張れるかとわっしらに言いおいて、わ組から抜けたんで」

「鳶をやめてなにをする気だ」

「そこなんで、親分。鏡次は博奕《ばくち》が大好きでしてね、その仲間に得体《えたい》の知れない剣術家やらやくざ者がおりますんで。長屋を出ていくとき若い連中に、読売に吹聴《ふいちょう》して江戸じゅうにおれの恥を晒《さら》した金座裏の政次だけは許せねえ、近々、読売を賑《にぎ》わせるからよく読めと言いおいて出ていったそうなんで」

「困った野郎だな」

「頭に話すと鏡次のことだ、ほんとうにやりかねねえ、ともかく金座裏に知らせねばと雁《がん》首《くび》揃えて出てきたんで」

　と今朝次が訪《おとな》いの理由を告げた。

「親分、他の連中なら心配もしねえや。だが、鏡次は人を怪我《けが》させて伝馬町《てんまちょう》の牢屋敷に世話になったのも一度や二度じゃねえ乱暴者だ。それに仲間が悪い。これ以上、迷惑をかけてもならねえとお邪魔したというわけだ。重ね重ねすまねえ、今、人をやって鏡次の行方《ゆくえ》を捜させている、ちょいと時間をくんねえな」

「事情は分かったぜ、わ組の頭取。もう心配しないでくんな。伝馬町に厄介《やっかい》になった連中の扱いはこっちがおはこだ」

　史吉と今朝次がほっと肩の荷を下ろした顔付きで金座裏を辞去していくのを見届けてから、宗五郎は政次に言った。

「あの連中は口先だけの者が多い。まあ、頭取が心配するほどのこともあるめえと思うが気を配って動け」

「はい」

「それとだ、おまえの体に馴染《なじ》むようになえしをいつも身につけていねえ」

　と宗五郎が命じた。

　そこへおみつが居間に顔を見せて、

「政次、しほちゃんが使いに出るよ、おまえも一緒に行ってきな」

と言った。

「私、独りで行けます」

しほが慌《あわ》てた。

「いや、今の話を聞いたろう、よからぬ考えの連中のことだ。なにが起こるか分からないよ、政次、しっかりお供しな」

とおみつに命じられ、なえしを腰に差し落とした政次としほは、金座裏を出た。

本草屋町《ほんぞうやちょう》から日本橋川に向かう通りにはまだ松の内のこと、太神楽《だいかぐら》が行くばかりでなんとなく人影も少なく長閑《のどか》だった。

「なにを買いに行くんだ、しほちゃん」

「仕付け糸と端切《はぎ》れを買いに行くだけの話よ。政次さんにお供をして頂く話じゃないわ」

「気を利かせたんだろうな、おっ義母《か》さんが」

「気を利かせるってどういうこと」

しほが足を止めて政次の顔を覗き込んだ、が、すぐに政次から視線を逸《そ》らした。

「たった今あんな話が持ち込まれたこともある」

「他にもあるの」

「おっ義母《か》さんはしほちゃんが大好きだからな」

「おかみさんのことなら私も好きよ」

「金座裏に住んでほしいと思っているのさ」

しほが政次をまじまじと見た。

「金座裏に住めって、政次さんのお嫁になれということ」

「迷惑かい」

「そんな……」

「私としほちゃんが夫婦養子になることを、親分もおっ義母さんも松坂屋のご隠居も念じておられる」

しほは歩き出した。

政次が肩を並べた。

「しほちゃん、迷惑ならばこの際だ。はっきり言っておくれ」

「政次さんはどうなの」

「私は彦四郎の気持ちも亮吉の胸の内も知っている。しほちゃんが好きなことをだ」

「だから、どうするの」

「しほちゃんの気持ち次第だ」

「政次さんたらずるいわ」

「ずるいか」

「ええ、政次さんはいつも周りのことに気を遣い過ぎて生きているわ。私が好きなら好きと言って」

「しほちゃん、私の気持ちは決まっている。分かってほしい」

しほはしばらく黙って歩いていたが政次の手を握るとぎゅっと握り締め、大きく二度三度と振り、放した。

「政次さんが背負っているものに比べると、私の想いなんて大したことはないわねえ。許してあげる」

と前を向きながら言った。

日本橋川の河岸に出ると川面《かわも》の上にいくつも凧《たこ》が揚がっていた。

二人は品川町裏河岸と呼ばれる川端を日本橋の袂《たもと》に向かい、晴れ着姿がまだ目につく長さ二十七間の日本橋を渡った。

「唐獅子の鏡次って人が政次さんを襲うと思う」

「さてねえ、気にかけることもないと思うが御用聞きだ、どんなときでも不測の事態は覚悟はしているよ」

「政次さんなら大丈夫ね」

ただ頷いた政次が言った。

「仕付け糸と端切れなら松坂屋さんで間に合う。松坂屋でいいかい」

「端切れを買うのに松坂屋さんではご大層過ぎるけど、ご挨拶がてら伺いましょうか」

松坂屋は日本橋通二丁目の角に堂々とした店構えを見せていた。大勢の番頭、手代たちが贔屓《ひいき》の客の相手をする光景に政次は懐かしくも見入った。

政次はこの店に奉公して、手代まで働いていたのだ。生涯奉公するつもりが思わぬ展開に店を出て、金座裏の手先となり、十代目への道を歩んでいた。

「おや、金座裏の若親分じゃございませんか」

と大番頭の親蔵《しんぞう》が目敏《めざと》く見付け、声をかけた。

「大番頭さん、ご壮健の様子なによりにございます」

「相変わらずでな、おまえさんがいなくなって店先が寂しいよ」

と答えた親蔵が、ご隠居なら奥におられますよと気を利かせた。

「いえ、今日はしほちゃんの買い物のお供にございます」

「なんでございますな、しほ様」

しほが武家の娘と承知している親蔵が様付けで呼んで注文を聞いた。

「大番頭さんに相手して頂くほどの買い物じゃないの、金座裏のおかみさんに端切れと仕付け糸とを頼まれただけなの」

「端切れはうちでも大事な品にございますよ。なにしろ初めて悪敷成候《あしきなりそうろう》ものを売りに出したのですからな。なんなりとご要望に応えますよ。いや、私が相手するより若親分がなんでもご存じだ。あそこの櫃《ひつ》から好きなものをお持ちなさい」

と店の一角に置かれた櫃を指した。

それまで傷物として、店先に並べなかった品を客と相対で値を決め、端切れと称して売るようにしたのが三井越後屋《みついえちごや》であったが、ほぼ同時に松坂屋でも売れ残りの商品などを櫃に入れて客に選ばせた。

政次の指南でしほは仕立ての稽古になりそうな端切れを買い求め、ついで仕付け糸を分けてもらって用事を済ませた。

「松六様がお待ち兼ねです、二人して顔を見せて下さいな」

親蔵に催促《さいそく》されて奥座敷に通ると松六が日の当たる縁側で将棋盤を前に棋譜を手にしていた。

「松六様、ご機嫌如何《いかが》にございますか」

「おおっ、二人で揃ってこられたか。退屈していたところですよ」

と隠居の話し相手を務めることになった二人は、年の瀬から年末の御用などを話して聞かせた。

「中屋さんはえらい目に遭いなされたな。後はだれが継がれるのかねえ」

「品川宿に暖簾《のれん》分けされた実弟が質屋を開業なされておられますが、兄が裏でやっていたことはお上の定法《じょうほう》に反すること、本石町《ほんごくちょう》の店は兄の代で店仕舞いにすると申されているようです」

「古い店が消えていくのは寂《さび》しいねえ」

小半刻ほど松六の話相手を務めてから、二人は松坂屋をあとにした。

四

「若親分、渡辺様を広尾で見かけたぜ」

と亮吉が政次に告げたのは若菜の節句、金座裏では朝餉に七草粥《ななくさがゆ》を食べた日の夕暮れのことだ。

独楽鼠の亮吉は親分の使いで渋谷《しぶや》村まで届けものに行き、その帰りに広尾村を通った折に見かけたという。

「声をかけたのか」

「それがさ、なんだか様子がおかしいのでさ、声をかけそびれた。渡辺様はどうやら鳥取新田藩《しんでんはん》の下屋敷の様子を窺《うかが》っておられる気配だったな」

「広尾に下屋敷があったかなあ」

二人の問答を聞いていた宗五郎が、

「政次、渡辺様の鳥取新田藩三万石《ごく》は、貞享《じょうきょう》二年（一六八五）に鳥取藩池田《いけだ》光仲《みつなか》様が隠居なされ、長男綱清《つなきよ》様に家督を譲られた折、次男の仲澄《なかずみ》様に新田高二万五千石を分地されて分家を立てられたのが始まりだ。分家の居館が鳥取城下の東にあったので、東館とも鹿野《しかの》藩とも称されているそうだ。この後、五千石を加えて三万石になった東館の仲澄様は従五位下に叙せられると壱岐守《いきのかみ》と称し、柳の間詰を許されて、参勤交替《さんきんこうたい》も務めてこられた。まあ、独り立ちした藩といえなくもないが、鳥取藩の支藩とみるのが真っ当なところだろうよ」

と説明した。

宗五郎は渡辺の行動を気にして、鳥取新田藩（東館）を調べた様子だ。

「ただ今の藩主は池田仲雅《なかまさ》様でな、上屋敷は三田、下屋敷は亮吉が渡辺様を見かけた広尾にある」

「親分、渡辺様はやはり禄《ろく》を離れた藩となんぞ関わりがありそうかねえ」

亮吉が聞いた。

「ただ奉公を辞《や》めた、辞めさせられただけの事情ではなさそうだが、これ以上立ち入るのはどうもな」

政次も亮吉も宗五郎の言葉に頷き、その場はそれで終わった。

三が日の前後から晴れ着を着た若い娘を狙《ねら》い、剃刀《かみそり》のような鋭利な刃物で召し物やら尻を斬りつける悪戯《いたずら》が横行し始めたのは、そんな折りだった。

最初は両国西広小路の人込みの中で立て続けに二件発生し、一人は着物と一緒に尻を切られ、浅手を負った。もう一人は晴れ着の袖を切られていた。二人とも十六、七歳の大家の娘で一人には供の女中がついている中での犯行だった。

この届けを処理した寺坂毅一郎が金座裏に姿を見せて、

「金座裏、この手のものは後を引くぜ、絶対に繰り返す。大怪我を負う娘が出るとことだ。明日から盛り場の見回りを厳しくしてくれ」

と命じた翌日、晴れ着切りは浅草寺の人込みで事件を繰り返し、とうとう娘の背に大怪我を負わした。

その知らせに両国橋の東と西の広小路を警戒していた政次たちは浅草に飛んだ。

大怪我を負った娘は御蔵前《おくらまえ》通りの札差《ふださし》、天王町組の小玉屋《こだまや》新右衛門《しんえもん》の娘で、蔵前小町と評判のおはなだった。

政次らが小玉屋を訪ねるとまだ衝撃が残っている様子で店先が騒然としていた。

「番頭さん、えらい災難がお嬢さんに降りかかったようですね」

羽織を着て、常丸と亮吉を従えた政次をちらりと見た番頭の徳蔵《とくぞう》が、

「おまえさんはどちらからお出でだね」

と威圧的な口調で問い質した。

札差は莫大な富と威勢を背景に商いをしていた。大身《たいしん》旗本さえ内所をぎゅっと握られ、太刀打ちできない。そんな大店の番頭の口調が横柄《おうへい》になるのは致し方ないことだった。

「これは挨拶がまだでしたねえ。私は金座裏の駆け出し、政次と申します」

「金座裏か。読売かなにかで読んだがおまえ様が後継かい。うちは出入りが駒形《こまがた》の卯平《うへい》親分でねえ、もうお嬢様の災難はすべて話してあるよ」

「番頭さん、そうでもございましょうが晴れ着切りのような事件は繰り返されます。次の娘さんのためにどうか私どもにも事情を聞かせて下さいな」

政次が丁寧な口調を崩すことなく頼んだ。

その下手《したて》に出たのを嘗《な》めたか、

「うちは被害に遭ったほうでねえ、よそ様の娘がどうのこうのというのは関わりのないことですよ。これ以上、御用聞きに小うるさく付き纏《まと》われたくはないんですがねえ」

と言い放った。

気負った亮吉がなにか言いかけたのを制した常丸が、

「番頭さん、若親分がこれだけ懇切《こんせつ》にお頼みしているのが聞けねえと言われるのかい。この店が百一株の札差稼業とは承知だが、うちは家光《いえみつ》様拝領の金流しの十手の金座裏の宗五郎一家だ。えらく邪険な扱いをしてくれるじゃないか、当代家斉《いえなり》様もお許しの金流しの十手を虚仮《こけ》にしてくれたものだねえ。さすがに小玉屋の番頭さんだ、大変な威勢だよ。よし、おめえが北町の旦那か金流しの宗五郎を連れてこなきゃあ、話も聞かせてくれないと言うのならそうしようじゃないか」

と静かな啖呵《たんか》を店先に響かせると、番頭の顔色がさあっと変わった。

「いえ、そういうことではございませんで。ついお嬢様の事件に取り乱しまして申し訳ないことにございました。若親分、お許し下さい」

と言い訳して店先から奥の座敷に連れていった。

「番頭さん、お嬢さんに付き添っていた者と話がしたい」

政次の注文に手代の兼吉《かねきち》と女中のおさきが呼ばれた。

「兼吉、金座裏の若親分方にお嬢さんが切られた前後の話をして下さい」

と命じた番頭は座敷の端に身を引いた。

「申し上げます」

兼吉によれば、おはなの供をして浅草広小路に買い物に行ったその途中、本堂に立ち寄ってお参りしたという。

その後、仲見世の人込みを広小路まで出たところで突然おはなが悲鳴を上げて、その場にしゃがみ込んでしまったというのだ。

兼吉もおさきもあまりの混雑に前方ばかりを注意しておはなの背に迫った人物には気付かなかったという。

「なにしろ広小路も人の渦《うず》でございまして、お嬢様が立ち往生されるような騒ぎでした。そこで私がお嬢様の前に出て道を開けようとした瞬間の出来事にございました」

と兼吉が言い、おさきも、

「私はそのときお嬢様の右脇を固めておりました。兼吉さんの言われるように周囲は人の波で仲見世からの流れと広小路の人込みがぶつかり、大変な混雑でした。ですからだれがそんな悪さをしたか確かめる余裕もない出来事でした」

「お嬢さんのおはなさんも晴れ着切りを見なかったのだね」

政次の問いに二人は激しく顔を横に振って答えた。

「お嬢さんの叫びにさあっと人込みが散って、その輪の中にお嬢さんがしゃがみ込まれましたんです。駒形の卯平親分の調べにもお嬢さんは何も見てないと繰り返し答えられておりました」

「お嬢さんは背のどこを切られなすったな」

おさきが政次の尋問《じんもん》の様子を心配げに見詰める番頭の顔色を窺《うかが》いながら答えた。

「右の脇下から左の腰上に」

「傷の深さはどうです」

「治療なされた先生は長さ八寸（約二十四センチ）深さ三分（約一センチ）と申されておりました」

「今一度聞くが、晴れ着切りが男か女かも見当がつかないのだね」

兼吉とおさきは再び顔を見合わせた。

「お嬢さんの背後には確かに男の人もおりましたが、どっちかというと女の人が多かったようでした。ですが、だれが切ったかは分かりません」

とおさきが答えた。

「おはなさんが切られた後、おまえさん方はどうなすった」

「私どもは気が動転してともかくお嬢さんを人込みから連れ出そうと考えました。そうしたら法被《はっぴ》を着た大工の棟梁《とうりょう》のようなお方がまず広小路の番屋《ばんや》に担ぎ込もうと申されて、お嬢さんを抱えて広小路の番屋に走り込まれ、すぐ番屋の人を走らせて、近くのお医師を呼ばれました」

「応急の手当を終えた後、駕籠《かご》で店までお連れして、店に戻りました。たった今、かかりつけの唐庵《とうあん》先生に改めて診《み》てもらったところです」

二人が承知しているところはそんなものだった。

「広小路東仲町の番屋だね」

「はい」

政次は切られた着物を見せてくれと頼んだ。加賀《かが》友禅《ゆうぜん》と長襦袢《ながじゅばん》は迷いなく一気に切り下げられていた。

政次たちがこれまで見たと同じ刃物と思えた。

「番頭さん、取り込み中、騒がせたねえ」

政次はそう徳蔵に言いかけると座敷から腰を上げ、廊下に出ようとした。すると徳蔵が腰を屈《かが》めて政次に近寄り、

「先ほどは大変失礼をしました。なにしろお嬢さんの災難に店じゅうが動転しました。かようなことは尾ひれがついて噂《うわさ》が広まるものにございます。なにとぞ穏便なご処置を願います」

と政次の羽織の袖に手をすいっと突っ込もうとした。

その手首をぴたりと押さえた政次が、

「番頭さん、余計な気遣いをすると痛くもない腹を探られることになります。金座裏にはこの薬は効きませせぬ」

と小判の包みを押し戻し、店を出た。

「若親分、番頭があんな風だ。おはなは、狙われたんじゃねえかえ」

と亮吉が御蔵前通りに出て、小玉屋のほうを振り返りながら聞いた。

「晴れ着切りに便乗しての犯行と亮吉は言うんだな」

「おう」

政次が常丸を見た。

「刃物の切れ味、迷いのない仕事ぶりから考えて、まず同じ人間の仕業《しわざ》だねえ」

「私もそう思う」

「若親分はさっき手代に男か女の見当もつかないかと尋《たず》ねなすったが、女の仕業もありかえ」

「なんとなくそう考えたのだ」

政次たちは浅草広小路の東仲町の自身番に顔を出した。ちなみに町役自身が詰めて町内の揉《も》め事《ごと》などを裁くので自身番の名が生まれたという。

「おや、金座裏のご一統、どうしなさった」

と東仲町の町役、扇子屋《せんすや》の隠居の巳平次《みへいじ》が声をかけた。

「いやさ、小玉屋のお嬢さんが切られた一件だ」

「えらい騒ぎだったよ、亮吉さん」

「その折、おはなさんをどちらかの大工の棟梁がこちらに担ぎ込まれたそうだが、身許は分かっておりやすかえ」

「大工の棟梁じゃないよ。花川戸《はなかわど》の左官の親方の陣八《じんぱち》さんだ」

「おはなさんの一件を目撃したって人は現われませんか」

政次が聞いた。

「それがさ、さあっと散っちゃって親方以外だれもなにも言ってきませんや、不人情者ばかりだねえ」

と巳平次が嘆いた。

花川戸の左官職陣八の家を訪ねると運がいいことに、同じ町内の普請場《ふしんば》にいるという。

不動勝蔵院裏の普請場を訪ねてみると大男が鏝《こて》を器用に使って壁塗りをしていた。

「親方、仕事の最中に悪いがちょいと話を聞かせてくれませんかねえ、札差の小玉屋のお嬢さんが切られた一件だ」

常丸が口を利いた。

「さっきも聞きに来たぜ」

「金座裏の宗五郎のところのものだ。こっちは若親分政次さんだ」

「おおっ、おれはおまえさんをさ、松坂屋時代から知っていらあ、松六のご隠居にも世話になったものでな」

「恐れ入ります」

と頭を下げた政次が、騒ぎの最中に怪《あや》しい者は見なかったかと聞いた。

「それがさ、お嬢さんが悲鳴を上げられたとき、おれは数間も離れたところにいてさ、その間に何十人もの人がいたから、見るどころじゃねえのさ。女の、晴れ着切りが出たよって叫び声でさあっと人が散った。その真ん中におはなさんがしゃがみ込んでおられたんでねえ。こいつはいけねえと抱き抱えて自身番に夢中で走ったというわけだ」

「晴れ着切りと叫んだ女の顔を親方は……」

「見てねえが、若い声だったねえ。引き攣《つ》った声でさ、その娘なら切られた現場を見ているかもしれねえな」

陣八親方が承知なことはそんなものだった。

「若い女の声で引き攣っていたって。その女が意外と晴れ着切りの当人かもしれねえぜ」

政次たちの報告を聞いた宗五郎が言った。

「明日は鳥越明神の縁日か。人手が出そうだがうちの縄張り中の日本橋界隈、芝居町《しばいちょう》から両国西詰を主に見守ろうか」

と翌日からの手配りを宗五郎が政次と八百亀に命じた。

次の日、政次、亮吉は両国橋の西詰めを歩き回り、晴れ着切りの警戒にあたった。

夕暮れが近付き、見世物小屋の明かりが点《とも》った刻限、彦四郎と波太郎《なみたろう》の二人が姿を見せた。

「政次若親分、亮吉、晴れ着切りがお縄になったそうだぜ。見張りは終わりにしろと親分の命《めい》だ」

と彦四郎がまるで金座裏の手先みたいな顔で叫んだ。

「とっ捕まったって、男か女か」

「独楽鼠の兄さん、嫁入り先から二月《ふたつき》で戻された女でさ、年は十九歳だと。南油町《みなみあぶらちょう》の小店の娘というがそれ以上のことは分かってねえや」

と波太郎が報告した。

「お縄にしたのはだれだ」

「常盤町《ときわちょう》の親分だ。なんでも日本橋の高札場近くで剃刀《かみそり》を使う女をとっ捕まえたというぜ。現場を押さえられたんだ、まず間違いあるまいよ」

「畜生《ちくしょう》、常盤町だと、悔しいぜ」

と亮吉が吐き捨てた。

常盤町の宣太郎《せんたろう》は南町定廻同心の西脇忠三《にしわきちゅうぞう》から鑑札を貰う御用聞きで金座裏の宗五郎を目の仇《かたき》にしていた。それだけに手先同士意識しあう仲でもあった。

政次が、

「亮吉、なにはともあれ捕まったのはよかったよ。安心して娘さん方も歩けるのだからね」

とほっとした顔をした。

稽古を終えた政次は赤坂田町の神谷道場を出た。

明日は鏡開き、武家方では具足《ぐそく》開きともいい、鏡餅を割る日だ。

その上、選抜の東西戦が行われるというのでいつもに増して門弟たちが揃い、賑やかな稽古風景が展開されていた。

政次はこの日、宗五郎の代理で菩提《ぼだい》寺の深川永代寺《えいたいじ》に年始の挨拶に行くことを命じられていたから、少し早めに稽古を切り上げた。

その旨《むね》を師匠の丈右衛門に断ると、

「政次、今朝はかまわぬが、明日は鏡開き、ちゃんと参れよ」

と釘を刺された。

「畏まりました」

政次が神谷道場を出たのは六つ半（午前七時）の刻限で、溜池から靄《もや》が土手を這い上がり、江戸の町はおぼろな白い靄に包まれていた。

政次は銀のなえしを腰に差し、走り出した。

道場から金座裏までの往復を走り通すのが政次の習わしだ。

ひたひたと草履《ぞうり》の音をさせて溜池の土手道を下った。

右は筑前福岡藩五十二万石の中屋敷の長い塀だ。

朝靄に包まれた坂道には人影とてなかった。

筑前福岡藩の塀が途切れ、越後《えちご》糸魚川《いといがわ》藩一万石の上屋敷との間の路地から大きな影が靄を蹴散らかして飛び出した。さらに三人の剣術家風の浪人が背後を固めていた。

政次の足が止まった。

わ組を飛び出したという唐獅子の鏡次だ。

「政次、てめえだけは許さねえ。よくも読売で江戸じゅうに騒ぎを広めてくれたな」

「鏡次か、読売屋のやることまで金座裏で責任は負えないよ」

「おめえの命は貰った」

と宣告した鏡次の背後の三人が抜刀して前へ出てきた。

「恥の上塗りはしないほうがいいと思うがねえ」

政次の平然とした態度に、

「糞《くそ》っ」

と吐き捨てた鏡次が懐から匕首《あいくち》を抜いた。

「鏡次、今度白洲《しらす》に引き出されたら、遠島《えんとう》は免《まぬか》れないところだよ」

政次が諭すように言いかけ、羽織の紐を片手で解くと脱いだ。そして、なえしの平紐の輪に左の手首を通した。

鏡次らが待ち構えていた道から武家の一行が姿を見せて、立ち止まった。

供の者が乗り物の中の主に騒ぎを告げ知らせたか、戸が開き、恰幅《かっぷく》のいい武家が姿を見せた。

「江戸市中で刀を振り回すとは何事か！」

と大喝する武家に、

「どさんぴん、引っ込んでいねえ」

と鏡次が匕首を持つ右手の拳《こぶし》を嘗《な》めた。

「どなた様かは存じませぬ。私は金座裏の宗五郎の倅、政次と申します。了見違いの者に襲われましたが、ただ今、騒ぎ取り鎮めますゆえしばらくお道先をお貸し下さい」

「なにっ、金座裏の者とな。捕り物なれば助勢致そうか」

「お召し物が汚れてもなりませぬ」

その言葉を聞いた鏡次が、

「吐《ぬ》かせ！」

と叫ぶと匕首を翳《かざ》して政次にぶちかましてきた。

政次の左手が翻《ひるがえ》り、腰に差した銀のなえしが飛ぶと、突進してくる鏡次の胸を叩いた。

おっ
という声を洩《も》らして鏡次が立ち竦んだ。

政次の手首が捻《ねじ》られ、なえしが政次の右手に戻ってきた。

政次の右手で八双《はっそう》に構えていた剣術家が飛び込み様《ざま》に剣を振り下ろした。

その瞬間に政次の長身の腰が沈んで相手の内懐に反対に飛び込むと、なえしが八双から斬《き》り下ろす柄の手の甲を打ち砕いて、剣を飛ばしていた。さらに政次は横手に構えていた剣術家に体当たりを食らわすと、
ととと
と下がる相手の鳩尾《みぞおち》になえしの先端の八角を突き込んだ。

ぐえっ
と呻《うめ》き声を洩らした相手が尻餅をついて転がった。

一瞬の早業だ。

残るは一人だ。
政次がなえしを縦に構えて迫ると、後ずさりし間合いをあけ、くるりと身を翻して逃げ出した。さらに拳を砕かれ、鳩尾を突かれた仲間二人も逃げ出した。
「畜生！」
鏡次が絶望の叫び声を上げると匕首を腰につけ、すでに体勢を立て直していた政次に突っ込んできた。
腰の匕首が伸ばされた。
その間合いを計った政次のなえしが鏡次の額に叩き込まれた。
巨漢の腰が、
へなっ
と揺らぎ、一瞬硬直したように棒立ちになると次の瞬間、
どどっ
と横倒しに倒れ込んだ。
「見事なり、金座裏！」
行列を止めて戦いの行方を見物することになった武家が叫んだ。

第四話　巾着切り

一

鏡開きの日、政次《せいじ》はいつもより早く赤坂田町《あかさかたまち》の神谷丈右衛門《かみやじょうえもん》道場に上がった。住み込みの門弟たちと道場周りの掃き掃除を終えた後、さらには広々とした道場の床の拭《ふ》き掃除をして稽古《けいこ》の刻限を待った。

東西勝ち抜き戦の話は道場出入りの門弟衆に伝わり、具足《ぐそく》開きの儀式と相俟《あいま》って普段《ふだん》に倍する門弟たちが早朝から顔を見せ始めていた。

いつもどおりの稽古の後、政次がふと道場内を見回してみると、門弟衆の他に噂《うわさ》を聞きつけた見物の人たちが大勢いた。

その中に八百亀《やおかめ》を伴った義父の宗五郎《そうごろう》の姿もあった。

政次は宗五郎に具足開きに東西勝ち抜き戦が行われることを伝えていたが、まさか顔を見せるとは考えもしなかった。

「政次」

振り向くと稽古で汗を掻《か》いた顔を手拭《てぬぐい》で拭く寺坂毅一郎《てらさかきいちろう》が立っていた。

「寺坂様、お珍しゅうございますね」

「皮肉を申すな。先生から具足開きの日くらい稽古に来いと手紙を頂いたのだ」

「そうでございましたか」

「義父《おやじ》どのも来ておられるようだな」

「初めて会う方も大勢見えておられます」

「先生が招かれたのであろう」

寺坂と別れた政次は井戸端に行き、稽古の汗を寒の水で洗い流して、さっぱりした顔で道場に戻った。すると見所《けんぞ》の脇に大きな紙が張り出され、興奮の体《てい》の門弟たちが集まり、覗《のぞ》き込んでいた。

長身の政次は人の背越しに紙を見た。

「神谷道場具足開き東西勝抜き戦出場者」

と麗々しく墨書《ぼくしょ》された告知だった。

東の総大将は師範の朽木式部《くちきしきぶ》、副将は師範代の戸羽信輔《とばしんすけ》、西方に回り、総大将はもう一人の師範志村権大夫《しむらごんだゆう》、副将は龍村重五郎《たつむらしげごろう》だった。

妥当な人選だなと政次は総大将、副将の名を読んだ。

西方八番手に寺坂毅一郎の名が載っていた。

「政次さん、そなたは西方十三番手だぞ」

と高ぶった声で教えてくれたのは同じ時期に共に目録を許された長州府中藩家臣の生月尚吾《おいづきしょうご》だ。政次と同じ年齢ということもあり、互いに切磋琢磨《せっさたくま》してきた仲だ。

「えっ、私がですか」

西方の十三番手を確かめると、
金座裏政次
とあった。

「生月様はどちらに」

「それがしは東方の先鋒《せんぽう》を任された」

「それはおめでとうございます」

全身から生月の興奮が伝わってきた。

「政次さんと竹刀を交えることはまずあるまいが万が一の場合は死力を尽くそうぞ」

「胸を貸して下さい」

見所に神谷丈右衛門をはじめ、道場の後援者やら剣友方が大勢姿を見せて、正座した。

それを見た門弟衆が左右の壁際に居流れて、その背後に見物の衆が座した。

水を打ったような道場内に丈右衛門の声が響いた。

「新年、具足開きおめでとうござる」

「おめでとうございます」

一同が応じた。

「今年は稽古の励みにと勝ち抜き戦を企てた。大勢の門弟衆から東西二十人ずつを選抜するのは至難《しなん》の業《わざ》であったが、技量と日頃道場に熱心に出ておるかどうかを勘案してそれがし一人で選んだ。選に洩《も》れた者は残念であろうが来年選ばれるように頑張られよ。また東西の総大将以下先鋒までの順番も師匠の権限で、夜毎《よごと》思案した結果である、そう考えられよ。選抜された者は速《すみ》やかに東方、西方に分かれて前に出よ」

丈右衛門の声に、晴れがましくも四十人が見所を中心に左右に分かれて対座した。

白扇《はくせん》を手にした丈右衛門が見所を降りて道場に立った。

「審判はそれがしが務める。勝負は一本である」

と宣告した丈右衛門が書き出された名簿の下に控える門弟に合図を送った。

「東方先鋒生月尚吾、西方戸沢孫太郎《とざわまごたろう》」

戸沢は近江彦根藩の家臣で同じ時期に生月や政次と一緒に目録を得た努力の人だ。剣歴からいっても若い生月の相手ではない。

だが、同じ時期に目録を得た者同士、めらめらとした闘志が湧いたと見えて、対座した二人の顔はすでに紅潮していた。

政次は出場者の一人ということを忘れて二人の対決に見入った。

相正眼《せいがん》で構え合った二人は同時に仕掛けた。

面から小手、小手から胴と目まぐるしい打ち合いの後、引き際に生月が放った面打ちが見事に決まった。

「面一本、東方の勝ち！」

戸沢はなんとも悔しそうな顔で下がり、生月はこれで波に乗った。

生月は五尺六寸の体を俊敏に動かし縦横に駆け回り、竹刀を間断なく振るって西方十九番手から次々に翻弄して負かしていった。

気がついてみると十四番手の竹沢半之丞《たけざわはんのじょう》が生月の強烈な面打ちに敗れて、

「西方十三番手金座裏の政次」

の名が呼ばれた。

さすがに生月尚吾は弾んだ息遣いだが、顔には勝ち上がってきた者の興奮と自信が溢《あふ》れていた。

政次は正眼に取った。

生月も長身で懐の深い政次に対して相正眼を選んだ。

若い二人は一瞬互いの眼を睨《にら》み合い、阿吽《あうん》の呼吸で双方が前に出た。

生月は背を丸めて政次の内懐に入り、小手打ちを企てた。

政次は動くと同時に引き付けた竹刀を振るい、飛び込んできた生月の面を狙った。

ばしり
と小気味にいい音が響いて、生月が片膝《かたひざ》をついた。それほど切れのいい面打ちだった。

「勝負あり！　西方の勝ち」

どどっ
という歓声が湧《わ》いた。

生月は堂々と胸を張って東方の席に引き上げ、仲間の賞賛の声に迎えられた。

東方十九番手は旗本二百三十石《こく》御同朋頭平野作造《ひらのさくぞう》だった。

政次は平野とは手合わせの機会をこれまで得なかった。が、動き回る相手を威圧するように押し込み、平野が慌《あわ》てて前へ出てくるところを測ったように胴を抜いて勝ちを得た。

東方への風向きが西方へと変わった。

十八番手下総《しもうさ》国小見川藩家臣山村五郎兵衛、十七番手下野烏山《しもつけからすやま》藩家臣神林義敬、十六番手豊前小倉《ぶぜんおぐら》藩小笠原家家臣藤原友頴、十五番手伊勢桑名《いせくわな》藩松平家家臣水野藤三郎、十四番手日向延岡《ひゅうがのべおか》藩家臣角内三左衛門、十三番手直参旗本五百石新御番頭深谷精太郎之介らを次々と破り、十二番手には浪々《ろうろう》の剣術家佐野屋正五郎、さらに十一番手神谷道場住み込み門弟市村念児をも打ち破った。

政次はただ無心に戦いを進めていた。が、真剣勝負ともいえる捕り物、修羅場《しゅらば》を潜った経験が道場稽古の相手を圧倒していた。

道場内の見物は俊敏な剣捌《けんさば》きの生月とは異なる政次の伸びやかな剣風に魅了されていた。

「町人には惜しい腕前じゃな」

「金座裏の後継だと申すぞ」

「道理で度胸がいいわ」

政次はとうとう東方の中堅肥後熊本《ひごくまもと》五十四万石細川越中守家御側衆土岐数麻呂《ときかずまろ》と対決することになった。

土岐は老練な剣者だった。

宮本武蔵が創始した二天一流《にてんいちりゅう》の達人であり、年齢も四十歳を超えて、強《したた》かな剣者であった。

政次の自然流ともいうべき剣捌きに弱点があるとしたら、長身の胴だと狙いを定めていた。

そのために胴を空けさせる要があった。

「いざ」

「お願い致します」

と竹刀を構え合った土岐は、試合では珍しく脇構えにとった。

政次は不動の正眼だ。

土岐の面も小手も、

「打ち込んでくれ」

とばかりに空いていた。

（誘いか）

政次が考えたとき、土岐の術中に嵌《は》められていた。

脇構えの竹刀の先が、
ひょんひょん
と動き、戦機を見ていた。

政次の正眼の竹刀が思わず上段へと移行していた。

長身の胴が空いた。

ふうっ
と息を吸い、止めた政次に土岐は怒濤《どとう》の攻撃を見せた。

飛び込み様《ざま》に胴を抜いた。

政次はほぼ同時に間合いを詰め、面打ちを放った。

二人の攻撃が響かせた音が一つに重なった。

「胴、面、相打ち！」

丈右衛門の声が響き、政次は、
さあっ
と引くと正座した。

少し遅れて土岐が竹刀を引き、座に戻った。

二人は礼を交し合い、東西の席に戻った。

東方は九人、西方は十二人を残して勝負としてはほぼ互角になった。

一進一退の白熱した戦いが続き、西方八番手寺坂は一人を抜いて次の相手と引き分けた。

最後は東方総大将朽木式部と西方総大将志村権大夫との大将勝負になった。

朽木はそれまで西方副将の龍村重五郎ら三人の猛者《もさ》を長時間かけて破ったにも拘《かかわ》らず重厚な面打ちで志村を力で押し切った。

「具足開きの東西勝ち抜き戦東方勝利にござる」

丈右衛門が宣告して道場に歓声が湧いた。

「生月尚吾、金座裏の政次、朽木式部、これへ」

と三人の名が呼ばれ、門弟によって三方《さんぽう》が運ばれてきた。

「生月尚吾、政次、日頃の鍛錬の成果が報われたな。これからも倦《う》まず弛《たゆ》まず稽古に励め」

と丈右衛門から激励の言葉を貰った二人は、

「この短刀、作刀は江戸に入ってのものじゃが使ってくれ。政次は町人ゆえ護《まも》り刀とせよ」

と短刀を頂いた。最後に東方の総大将朽木に、

「朽木にはもはやそれがしが伝授することもない。それがしの脇差備中国次直《つぐなお》をそなたに譲ろう」

と名誉と共に脇差が与えられた。

「師匠、有難《ありがた》きお言葉にございます」

朽木は思わず感涙に咽《むせ》び、師匠愛用の脇差を押し頂いた。

道場は試合の場から鏡開きの場に変わった。

酒樽がでーんと据《す》えられ、鏡餅を割り入れた雑煮《ぞうに》が門弟衆、見物衆に振る舞われた。こうなれば勝ったも負けたも関係はない。

「政次さんに面打ちを決められるとはな」

生月が枡を手に笑いかけた。

「生月様のご活躍で東方勝利おめでとうございます」

「活躍もなにもすぐにそなたにいいところをさらわれたぞ」

二人の会話に寺坂と土岐が加わり、

「若さと稽古の量には勝てん、剣術は正直じゃな」

と寺坂が嘆くと、土岐が、

「政次、そなた、どこであのような駆け引きを覚えた」

と笑いかけた。

その視線が宗五郎を捕らえて、

「義父《おやじ》どの、よき倅《せがれ》を持たれたな。これで金座裏は万々歳《ばんばんざい》じゃぞ」

と鷹揚《おうよう》に祝いの言葉を述べた。

「土岐様、今の政次は怖さ知らずの棒振りにございますよ。まだまだ脂汗《あぶらあせ》冷や汗の掻《か》き方が足りませんや」

「親分に掛かればうちの弟子もその程度か」

話の輪に加わった丈右衛門が笑った。

「だがな、ようも短期間にここまで腕を上げたことは認めねばならぬぞ、金座裏」

「へえっ、それは分かっておりますよ」

丈右衛門の視線がふいに寺坂に行き、寺坂が慌てた。

「それがし、稽古不足にて恥ずかしきことにございます」

「そう先に謝られると二の句が継げぬわ。御用繁多《ごようはんた》にも拘《かかわ》らずよう体が動いたと褒《ほ》めようとしたところだ」

「えっ、そうでございましたか。またお叱りかと思い、つい先回りをしてしまいました」

一座が笑いに湧いた。

「寺坂、独り稽古を続けたようだな」

「神谷先生の眼力《がんりき》感服致すばかりです。政次ばかりにいいところを持っていかれても、と八丁堀の道場で少しばかり汗を流しました」

「少しばかりか。奉公の者は皆忙《いそが》しいでな、仕方ないか」

再び笑いが起こり、和気藹々《わきあいあい》とした具足開きの宴《うたげ》はいつまでも続いた。

昼が過ぎ、見物の宗五郎らが先に帰り、政次たちは道場の後片付けに入った。そのとき、この一年前から神谷道場の門を潜った青江司《あおえつかさ》が政次に話しかけてきた。

「政次どのは金座裏をお継ぎになるのですね」

青江は備前岡山《びぜんおかやま》藩三十一万石池田家の江戸屋敷で小姓《こしょう》を務めていた。まだ十八歳になったばかり、前髪立ちではないが初々《ういうい》しい若侍だった。

「養子にはなりましたが十代目に就《つ》くには足りないことばかりです」

「私、読売《よみうり》で金流しの宗五郎どのや政次さんの活躍を読んでわくわくしております」

「青江様、読売は話半分、大袈裟《おおげさ》に書いて売るのが狙いですから、そう信じてもらっては困ります」

　と笑いかけながら政次が言った。

「青江様、金座裏にご関心があるなればいつでも遊びに来て下さい」

「政次どの、ほんとうか。遊びに参ってよいか」

「いつでもお出でなさい。町家の暮らしを覗《のぞ》かれるのもおもしろいかもしれません」

　と政次が言うと、

「必ず伺《うかが》います」

　と嬉《うれ》しそうに笑った。

「政次さん、おれも行きたいな」

　生月が言い出した。その言葉に若手がおれも、それがしもと言い出した。

「皆さんでご一緒にお出で下さい。ただし神谷道場と一緒で金座裏も男所帯でむさいですよ」

「それは構わんが」

「その代わり鎌倉河岸《かまくらがし》の酒問屋豊島屋《としまや》が金座裏とは親戚《しんせき》付き合いのような間柄、美味《おい》しい酒と名物の田楽《でんがく》を皆さんにご馳走《ちそう》致します」

「よし青江、日程を決めるぞ」

「生月様、十五日の小正月はいかがです」

「よいな。人数を募《つの》るぞ」

武士とはいえ若い連中だ、たちまち金座裏の訪問が決まった。

そこへ西方の副将を務めた龍村重五郎が来て、

「後片付けは終わったようだな、ご苦労であった」

と労《ねぎら》った。

龍村は筑後柳川藩立花家の重臣の三男坊で三年前から神谷道場で住み込みの門弟を務めていた。

「龍村様、過日、渡辺堅三郎《わたなべけんざぶろう》様と大木戸でばったりお会いしましたよ」

と青江が言い出した。

「大木戸とな、内藤新宿《ないとうしんじゅく》か高輪《たかなわ》か」

「高輪です」

「なんぞ話したか」

「いえ、ただ神谷先生にも皆さんにも迷惑をかけたと申されただけです」

「高輪大木戸でなにをしておられるのかのう」

と龍村が政次の顔を見た。

政次が首を捻《ひね》り、青江が、

「私の勘ではだれぞを見張っておられるようでした」

と言った。

「やはり敵討《かたきう》ちかのう」

龍村が言ったがだれも答えられなかった。

二

政次は赤坂田町の帰りに茅場町《かやばちょう》の大番屋《ばんや》に立ち寄った。

前日、唐獅子《からじし》の鏡次《きょうじ》を担ぎ込んでいた。その始末を聞きに行ったのだ。

大番屋は調べ番屋とも呼ばれ、江戸府内に六、七箇所あった。どんな下手人《げしゅにん》にしてもいきなり町奉行所に連れ込めるわけではない。まず容疑のかかった者を番屋なり大番屋に移送して、下調べが行われるのだ。

政次は後々のことを考え、茅場町に運び込むことにした。

鏡次の手首を縛《いまし》め、担いで葵坂《あおいざか》通を下っている途中にうまいことに駕籠屋《かごや》に出会った。

そこで鏡次を駕籠に乗せて茅場町に連れ込み、寺坂毅一郎に調べを託していたのだ。

大番屋の戸口の前に立つと最前《さいぜん》別れたばかりの寺坂毅一郎と義父の宗五郎がいた。

「政次、鏡次のことが気になったか」

「はい、寺坂様」

「昨日な、これまでの鏡次の入牢証文を調べた。野郎はこれまで三度も伝馬町《てんまちょう》の牢屋敷に世話になっていた。いずれも相手に怪我《けが》を負わせた乱暴狼藉《ろうぜき》だ、その度に、わ組の頭取なんぞから嘆願が出て、重敲《たた》き程度で済んでいた。だがな、よく調べ直したところ、麹町《こうじまち》の人形屋桂月《けいげつ》から鏡次に脅《おど》しを受けたという訴えが出ておった。買った武者人形がどうのこうのと文句をつけて金品を強請《ゆす》り取っているのだ。桂月にも確かめ、鏡次を問い直すと罪を認めやがった。政次への待ち伏せといい、もはや重敲きや所払いでは済むまいよ」

「安心しました」

鏡次は明日にも北町奉行所に送られて、正式な裁きを受けるという。

三人は連れ立って茅場町の大番屋を出た。

奉行所に戻るという寺坂と一緒に宗五郎と政次は楓川《もみじがわ》に架かる海賊橋《かいぞくばし》へと向かった。

「政次、いやはやおまえがあれだけ腕を上げたとは、改めて驚かされたぞ。言うまでもないが神谷道場は江戸でも名代《なだい》の道場だぜ、その東西戦に選ばれるだけでも至難《しなん》の業《わざ》なのにさ、おまえは一人で十人も抜いた上に中堅の土岐どのと分けた。古手の門弟方も驚きに目を丸くされていたわ」

「寺坂様、道場でも申し上げましたが怖《こわ》いもの知らずの勢いでしてねえ、どんな世界にもこんな時期がございますよ。ほんものになるかどうかはその後の精進《しょうじん》次第でさあ」

政次に代わって答えた宗五郎に、寺坂が頷《うなず》きながらも答えた。

「義父どのがそう言いたいのも分かる。だがな、勢いで十一人を相手に出来るものか。先生が政次に護り刀にせよと短刀を下されたのは当然のことだ。いやはや感服した」

寺坂は自分も出場して健闘したことなどすっかり忘れたように褒めてくれた。

「おまえが天狗になることは万々あるまいが折角《せっかく》やりだした剣術だ、ものになるまで頑張れよ」

「寺坂様のお諭《さと》し終生忘れません」

政次の言葉に寺坂が大きく頷いた。

政次は、金座裏を訪ねたいと申し出た青江や生月ら若い門弟たちを招いたことを二人に告げた。

「若い侍連中は金座裏の暮らしがどんなものか知りたいのだろうな、なにしろ大名家の屋敷奉公は窮屈《きゅうくつ》だからな」

寺坂が言い、宗五郎が聞いた。

「いつのことだ」

「この十五日です」

「藪入《やぶい》りの日に若侍が大挙して金座裏に来るか、おみつに言ってなんぞ作らせておこう。おまえからもおっ義母《か》さんに頼んでおきねえ」

「はい」

寺坂は日本橋の袂《たもと》で別れ、義理の親子は肩を並べて、日本橋を渡った。

「親分さん、十代目と歩くところは一幅の絵だねえ」

橋の中ほどで顔見知りの棒手振《ぼてふ》りの安吉《やすきち》が声をかけてきた。安吉は豊島屋の常連であった。

「他人のことに口を突っ込んでいると飯台《はんだい》の魚が腐るぜ。しっかり稼ぎねえ、安吉さん」

「あいよ」

具足開き、蔵開きの日でまだ正月気分の漂う日本橋の上はいつにも増して大勢の人が行き交っていた。

二人がほぼ橋を渡り切ろうとしたとき、背後から、
ひえっ
という声が上がった。

宗五郎と政次は忽《たちま》ち踵《きびす》を返すと人込みを分けて走り出した。

十数間も後戻りしたか、お店《たな》の内儀《ないぎ》風の女が手首を抑えて橋の欄干《らんかん》の側にへたり込んでいた。

宗五郎と政次が通ってきたのは橋の西側だ。女は反対の東側に座り込んでいた。ついでに言うと日本橋は長さ二十八間（約五十・九メートル）、幅四間二尺（約七・九メートル）あった。

そこへ大勢の人や駕籠が行き来しているのだ。

「どうしなさった」

「き、巾着《きんちゃく》を切られました」

女が喚《わめ》き、泣き出した。手首には紐だけが巻かれて残って見えた。

「政次さん、十五、六の餓鬼《がき》、六人ほどがこの人の側から高札場の方角へ走って逃げたぜ」

魚の棒手振りの安吉が政次に教えた。

「娘が何人か混じっていたぜ」

「政次！」

宗五郎の命《めい》に頷いた政次は、人込みを掻き分けて今歩いてきた日本橋南詰へと走り出した。だが、天下の日本橋だ、行き交う人で政次も思うようには進めない。橋を渡り切ると橋番が立っていた。

「今、十五、六歳の男女が走って通りませんでしたか」

「金座裏の若親分か、あいつら万町《よろずちょう》へと走りこんだぜ」

「ありがとう」

政次も広場から直ぐに東に向かう通りへと走り込んだ。

万町は東海道の始まりでもある通《とおり》一丁目から北へ抜ける通りで青物町《あおものちょう》へと続く両側道だ。徳川家の関東入部に伴い、小田原の曾我小左衛門らを移住させ、小田原城下の万町を移し町造りされた古い町内だ。また青物、乾物、藍物、畳表、傘屋、草履問屋とよろずの物を扱うお店が軒を並べたことで、

「万町」

と呼ばれるようになったともいう。

ともかく橋の上ほどではないが買い物する客や江戸見物の衆で賑《にぎ》わう六十二間の通りを聞きながら、巾着切りの少年たちを追ったが、通りの真ん中付近で目撃者がいなくなっていた。

十五、六歳で娘も混じった一団ならば嫌《いや》でも目につくはずだが、鍋釜を扱う摂津屋の番頭が、
「私は先ほどから店前に立っていましたがねえ、そんな餓鬼や娘は通りませんでしたよ」

と断言した。

政次は礼を述べると元の道へと戻り始めた。すると十間も戻ったあたりに苧麻《からむし》問屋の遠州屋の店先に大八車が三台も止まっていた。荷を運び込んだ車のせいで往来が停滞し、その付近が混雑していた。そして、大八車の陰、遠州屋と醬油屋の鴻池《こうのいけ》屋の間に路地が抜けているのが見えた。

政次は万町近くの松坂屋に奉公していたのだが、うっかりとその路地を見逃していた。

政次は広い肩を半身にして路地の奥へと進んだ。すると裏長屋が数棟に並ぶところに突き当たり、狭い井戸端で長屋の女たちがお喋《しゃべ》りをしていた。

「たった今、ここを若い数人連れが通りませんでしたか」

政次の問いに一人の女は長屋の西側を指し、もう一人は南へと抜けたという体《てい》でそちらを指した。

「ばらばらに逃げたのですね」

女のひとりが頷き、聞いた。

「おまえさんは松坂屋の手代だった政次さんじゃないかえ。金座裏に養子に入ったんだってねえ」

「そうそう、出世したと聞いたよ」

昔ご町内だった上《かみ》さん連がわいわいと話し出した。上さん連のかたわらでは六、七歳の子供たちが棒切れを持って走り回っていた。

「御用です、走り抜けた連中に覚えはありませんか」

「町内のもんじゃないね」

「一瞬だもの、分からないよ。それよりさ、金座裏の暮らしはどうだえ」

長屋の女房たちの関心は政次のほうにあった。

「なんぞ思い出したら、金座裏に知らせてくれませんか」

「あいよ」

と気のない返事をする女たちと別れて通一丁目新道に抜けた。

巾着切りはこの界隈の路地を熟知しているようだ。

政次は相変わらず客で込み合う松坂屋の前を素通りし、通一丁目に出た。もうそこは東海道、右手には女が巾着切りに遭《あ》った日本橋が、中央部を反《そ》り上がらせて見えた。

政次は一旦橋に戻ることにした。

すると先ほどの騒ぎは静まり、人や駕籠の往来に賑わういつもの橋の風景に戻っていた。

「政次さんよ、親分は女と一緒に金座裏に帰りなされたぜ」

橋番が教えてくれた。

「ありがとう、私も戻ります」

「それがいい」

金座裏では女の泣声が響いていた。

「もう駄目です。うちは立ち行きません、死なせて下さい」

居間に上げられた女はおみつから茶を貰っていたが、それどころではない様子で、衝撃に打ちのめされて泣き崩れていた。それを八百亀が慰《なぐさ》めていた。

四十歳前後か、木綿《もめん》物の綿入れを着て、頭髪も自分で櫛《くし》を入れた様子が見えた。小店《こだな》のお上さんか職人の親方の女房のようだった。

亮吉が玄関先に顔を覗かせ聞いた。

「若親分、駄目か」

「あの界隈の路地裏をよく承知の連中だ。裏長屋でちりぢりになって逃げ、行方《ゆくえ》をくらました。どこぞで落ち合うのだろう」

政次が答えると亮吉が説明を始めた。

「照降町《てりふりちょう》の雪駄《せった》職人のお上さんで名はおよしだ。得意先に掛け取りに行った帰りに橋の上で餓鬼ども五、六人にふわっと囲まれ、娘たちがさも見知った間柄のように話しかけて通行人を騙《だま》しているうちに、気がついたら手首に提げていた巾着の紐を切られていたそうだ」

「中身はいくらです」

「十一両二分と三朱だそうだ」

「大きいな」

照降町は荒布《あらめ》橋《ばし》際の通りで傘、雪駄、下駄を扱う同業が軒《のき》を連ねているのでこう呼ばれていた。だが、本名は小網町横町、あるいは堀江町横町だ。

傘、雪駄、下駄を作ったり小売りしたりする通りだ、どこも大店《おおだな》ではない。

その掛け取り十一両二分と三朱は大店の何百両にも匹敵《ひってき》しよう。いや、もっと大きな額に比せられるかもしれなかった。

「照降町には知らせたか」

「波太郎《なみたろう》が走っている」

「なんとか取り戻さねば一家が離散することになるぞ」

亮吉が頷いた。

宗五郎が政次を見て、すぐに不首尾を悟ったようだ。

「政次、悪餓鬼連中のことだぜ、金を使い果たせばまた繰り返す。天下の日本橋の上でそんな悪さを何度もやられてたまるか」

宗五郎の言葉を聞いて女がまた泣き出した。

「親分、改めて橋の界隈をあたってみます」

政次は女の盗《と》られた金子《きんす》を取り戻したい一心で現場に戻ることにした。

「若親分、おれも行く」

亮吉が従ってこようとした。

政次は懐の短刀を出すと、まだ上がり框《かまち》にいる亮吉に、親分に渡しておくれと褒美《ほうび》の短刀を置いていくことにした。

「これが十人抜きの褒美か」

亮吉が眺めながらも宗五郎のところに運んでいった。

政次と亮吉は橋の両側で改めて聞き込みに歩いて回った。だが、有力な情報は得られなかった。

無論逃げた悪たれどもを見ていた者はいた。その者たちの話を付き合わせると、風采《ふうさい》や身なりは、遊び人風でも悪《わる》の格好でもないことが分かった。

元四日市町《もとよっかいちまち》の小間物屋の隠居などは、

「もし私が見た娘や若い衆が巾着切りだとするならば素人《しろうと》だよ、あれは年季の入った玄人《くろうと》じゃないね」

と断言した。

夕暮れ、なんの収穫もないまま政次と亮吉は、金座裏に戻った。

稲荷《いなり》の正太をはじめ、およその手先たちが顔を揃《そろ》えていたが、どの顔にも徒労だけが見えた。

金座裏の番頭格の八百亀が聞いた。

「若親分のほうも手がかりなしかえ」

「あの界隈の裏長屋を虱潰《しらみつぶ》しにあたりましたが八百亀の兄さん、なんの手がかりもございません」

と力なく答えた政次が、

「照降町のほうはどうなりました」

とおよしの様子を問うた。

「およしの亭主の房吉《ふさきち》が青い顔して飛んできて、二人して泣くばかりだ。見てられないや。掛け取りに行った先は、芝金杉橋《しばかなすぎばし》側の履物屋花沢屋《はなざわや》蚊輔《かすけ》のところだ」

「十一両二分と三朱とはまた額が張りましたねえ」

「房吉は腕のいい雪駄職人でさあ、あいつの作る雪駄じゃなきゃあ履かないという芸人や旦那衆が居ましてねえ、こさえるのに時間がかかる。それだけに一足の値が張るんでさあ。ほんとうは年の内に支払う約定《やくじょう》のものが今日になった。花沢屋の知らせでおよしが受け取りに行った帰り、照降町が目の前だという橋の上で襲われてしまった、なんとも気の毒でねえ」

「明日からどうする気だろう」

「親分が房吉に、二、三日辛抱しねえ、なんとか悪たれどもふん捕まえて盗られた金子の何分の一かでも取り返すと約束なされたんで、二人して戻っていったがねえ、その後ろ姿の切《せつ》ないこと、見てられなかったぜ」

二人の会話を黙って聞きながら煙草《タバコ》を吹かしていた宗五郎が口を開いた。

「政次、おまえは松坂屋に勤めていたのだ。あの路地を承知していたな」

「はい。ですが、先ほどはつい見落としてしまいました。というのも苧麻問屋の遠州屋さんの店先にはいつも荷が積んでございますし、大八も止まっております。あの路地を承知の者は土地の人くらいにございましょう」

「そいつをあいつらは承知していたか」

「それと」

と政次は、元四日市町の小間物屋の隠居が偶然にも見た巾着切りの風体《ふうてい》や身なりが悪じみてないという聞き込みを報告した。

「十五、六の蛾鬼どもめ、十両盗めば首が飛ぶ定法《じょうほう》を知らないわけではあるまいに」

「親分、近頃は素人娘なんぞがかえって性悪だというぜ」

「亮吉、なんぞ身に覚えがありそうだな」

「親分、まかり間違ってもそれはねえや。巷《ちまた》の噂《うわさ》ってやつだ」

「噂だとどんな風だ」

「いいとこの坊《ぼん》や娘がなんとなくぐれてさ、家の金を持ち出して遊び回り、ついには親に見付かって説教を食らう。それでやむかと思えば、外に行ってさ、弱そうな女や年寄りの銭を狙うって話だぜ」

「世も末だな」

「ものに不自由してねえ娘や息子がおかしな話だぜ」

「亮吉、今度の一件もその類《たぐい》か」

「なんとなくそんな気がするな」

「むじな亭亮吉師匠のご託宣だ。八百亀、明日から手分けしてそんな娘や息子を当たってみようか」

「へえっ」

　と八百亀が返事して、言った。

「年端《としは》のいかねえ餓鬼どもが巾着切りをした金子をなにに使うのかねえ。唐人飴を買うにしては額が張るぜ」

「八百亀の兄い、唐人飴なんぞそんな餓鬼が買うものか。大人顔負けの博奕《ばくち》、酒、女となんでもござれだ」

「驚いたぜ」

「ただな、今度の一統は半分が娘だというし、女郎《じょろう》買いには行くめえよ」

　と亮吉が推測した。

「房吉とおよしが頼りにしている十二両余り、なんとか半分なりとも取り返したいものだねえ」

　八百亀の言葉でその日の打ち合わせは終わった。

三

政次たちは足を棒にして盛り場を歩き回っていた。だが、照降町の雪駄屋のおよしから巾着ごと十二両余りを強奪した悪たれどもの行方は摑《つか》めなかった。

「明日《あした》は十四日年越し、明後日《あさって》は小正月だねえ。政次のお仲間が金座裏を見物に来るというが、なにを馳走《ちそう》したものかねえ」

「すっきりして迎えたいものだが、うちがこれではな」

おみつが宗五郎に話しかけ、宗五郎も困った顔で答えた。

正月十四日は年越し十四日と呼び、町家では餅を片付けた。

正月はこの日までというわけだ。

金座裏では慌《あわただ》しい朝餉《あさげ》の後、手先たちは縄張り内の盛り場などに散っていた。

金座裏に残るのは宗五郎とおみつら女衆だけだ。そこへ、

「親分、おはようさん」

と声がして金座裏の番頭格、八百屋の亀次《かめじ》が顔を覗かせた。夕べのうちから八百亀は親分の供で照降町に行くことになっていた。

「おみつ、用意したものを出してくんねえ」

「あいよ」

神棚に奉書で包まれた五両包みをおみつがとり、羽織を着る亭主に手渡した。

「行くかえ」

宗五郎と八百亀は金座裏を出ると本草屋町を日本橋川へと足を向けた。すると江戸町年寄三人のうちの筆頭樽屋《たるや》藤左衛門《とうざえもん》の門から駕籠が出てきた。

「金座裏、御用かい」

駕籠から声が掛かった。

樽屋は奈良屋《ならや》、喜多村《きたむら》家とともに家康《いえやす》の江戸入国以来、江戸町奉行の掌握の下で江戸の町政を司《つかさど》る名家だ。

「おや、藤左衛門の旦那、お早いお出かけですな」

「今日は町回りですよ」

と答えて藤左衛門が言った。

「江戸の町も物騒《ぶっそう》になったものだねえ、日本橋の上で若い奴らの巾着切りが出るというじゃないか」

「へえっ、十五、六の餓鬼どもときている。政次たちが行方を追っているのですが、未だお縄にできない。明後日は藪入りで小僧さんや手代さんが盛り場なんぞに繰り出す日だ。なんとか事を終えたいのですがねえ」

「呆《あき》れた世の中になったものですよ。親分、しっかりと江戸の戸締まりお願い申しますよ」

町回りに出るという藤左衛門の駕籠を見送り、二人は駿河町から室町を突っ切り、三井越後屋の賑わいを横目に見ながら、瀬戸物町に抜けた。

魚河岸を東と北から鉤《かぎ》の手に囲む堀端を右手に取れば荒布橋に出て、照降町は直ぐそこだ。

傘、下駄、雪駄屋が軒を並べる照降町の中ほどに、房吉とおよしが雪駄を作り商う店はあった。間口二間の店と住まいを兼ねた表店は商人の店先というより職人の作業場のようだ。

すでに房吉が雪駄の裏革を木槌《きづち》で叩き、形を整えていた。かたわらには雪駄表をなめすために転がす鉄棒があった。どれも年季の入った道具類できちんと手入れされているのが見てとれた。

「親分、悪たれをふん縛《じば》ったか」

房吉が喜色を見せて顔を上げた。

「すまねえ、それが今のところ手がかりなしだ。およしさんはどうしてなさるね」

「あれ以来、ぼうっとして、死ぬ死ぬの一点張りで目が離せねえのさ。娘が張りついていらあ」

「困ったな」

「困った。夫婦二人で切り盛りする稼業だ。かかあがあれじゃあ、火が消えたようで陰気でいけねえ」

「晦日《みそか》は越せそうか」

「材料の払いがなあ、馴染みの問屋に頭を下げているんだが先方もぎりぎりの商いだ。うちは材料の仕入れが滞《とどこお》ればお手上げだ、なんとかしなくちゃあと思ってもどうにも思案が浮かばねえや」

房吉が溜息を吐《つ》いた。

「ここに五両用意してきた。足りねえのは分かってるが、これで問屋筋に頭を下げねえな」

「お、親分」

房吉が木槌を放り出して、奥に向かい、

「およし！」

と叫んだ。すると鬢《びん》に膏薬《こうやく》を張ったおよしが空《うつ》ろな目でよろよろと現われた。その後ろには娘のおさんが不安そうな顔で立っている。

「親分、わたしゃ、諦《あきら》めているよ。私ひとりが行くところに行けばいいんだからね」

と嘆くおよしに房吉が宗五郎の用意してきた五両包みを見せて、事情を説明した。

ぽかん

としていたおよしの瞼《まぶた》に涙が溢《あふ》れ、

わあっ

と泣き出した。

そんな刻限、政次と亮吉は日本橋の上に立っていた。五街道の基点の一つ、橋の上は相変わらずの往来だ。

「そう遠くないところにいるはずだがな」

「若親分よ、あいつらとっ捕まえてもおよしが盗まれた十二両余りは戻ってこないぜ」

「それは承知だ」

政次は頷き、

「明後日《あさって》は藪入りだよ、休みを楽しみにしている小僧さんが悪《あく》たれに狙われてもいけないからね」

と言った。

「こやつら、女子供を狙いそうな連中だもんな」

そう応じた亮吉が、

「どうするね」

と政次に聞いた。

「一から出直しだ」

「何度も一からやり直したぜ」

と嘆く亮吉を尻目《しりめ》に政次は橋の南詰へと向かい、近江屋《おうみや》の角を万町へと曲がった。

亮吉も仕方なく従い、二人は遠州屋と鴻池屋の間に立った。

今日も遠州屋の店先には大八車が止まり、荷の積み下ろしをしていた。

「遠州屋の番頭さんよ、店前は往来に邪魔にならねえように片付けておいておくれよ」

亮吉が店の奥へと声をかけ、

「金座裏の亮吉さんか、すまないね。今、荷車をどかさせるからね」

との返事が戻ってきた。

政次はその会話をよそに狭い路地に身を入れた。

江戸の町家は表長屋と、裏手に建てられた棟割長屋や割長屋の裏長屋とで構成されていた。長屋住まいと言うとき、まずこの裏長屋暮らしを指した。

曲がりくねった路地を抜けると表通りの光景とは異なる別世界が出現した。お馴染みの九尺二間の裏長屋だ。

むじな長屋で育った政次と亮吉にとっては馴染みの暮らしだが、商い店の連なる万町の裏手は江戸の中心だけに二人の育った長屋に比べても狭く感じられた。

井戸端には今日も女たちが集まり、お喋りしながら朝餉の洗いものやら洗濯をしていた。

「おや、また金座裏の若親分とどぶ鼠が来たよ」

「どぶ鼠じゃねえや、独楽鼠だ」

「どぶでも独楽でも鼠に変わりはないよ」

口の悪いかみさん連の一人が亮吉をからかった。

「照降町の雪駄屋のかみさんが首を括《くく》りかねないんだ。なにか思い出したことはないかえ」

亮吉が辛抱強く聞いた。

「何度も聞かされた台詞《せりふ》だがねえ、一瞬通り過ぎただけだもの、覚えてないかとそうせっつかれてもねえ」

「ないか」

政次はばらばらに分かれて散ったという割長屋の裏手に回ってみた。

この長屋は棟割を真ん中に割長屋が左右に一軒ずつ並ぶ三棟の長屋だ。大家が表通りの油屋、朝日屋の家作《かさく》なので、あぶら長屋と呼ばれていた。

「あら」

と洗濯物を狭い敷地の隅に干そうとしていた娘が政次を見て、驚きの声を上げた。十二歳くらいか。あと一、二年もすれば奉公に出される年頃だ。洗い晒《ざら》した縞木綿《もめん》の縞も見分けがつかないくらい着古されていた。だが、しっかりと継ぎが当たり、洗濯がぴしりとされていた。

「驚かしてすまない」

「ああ、金座裏の人ね」

「ああ、この前の巾着切りの探索だ」

「まだ摑まらないの」

「面目ないが手がかりなしだ」

「つむじ風のように走り抜けただけだものね」

「見たかい」

「見たわよ。だって私の前をあの路地へと抜けていったんだもの」

娘が隣長屋との境に植えられた破れ垣根を指した。

赤い山茶花《さざんか》の花が健気《けなげ》に咲いていた。その垣根を越えて往来するらしく所々の枝が折れて、隙間《すきま》があった。

「男だったかい」

「男と女の二人連れよ」

政次は井戸端のかみさん連に話は聞いたが、この娘とは初めてなことに気がついた。

「あの垣根の破れたとこを男の人が飛び越え、桃割れの姉さんが裾《すそ》を乱して続いたの」

「年の若い娘が飛び越えたか」

「だって逃げるのに必死だもの、仕方ないわ」

娘は逃げる二人の気持ちを斟酌《しんしゃく》して答えた。

「なにか言わなかったかい」

娘は破れた垣根に視線をやりながら思い出していたが、

「姉さんが飛び越えた弾みによろめいたのよ、それで下駄が脱げたのよ。そのとき、なんと言ったかな。畜生《ちくしょう》、この引っかけとか罵《ののし》ったわ。その後、男の人に手を引かれるように走って消えた」

政次はしばし思案し、聞いた。

「引き付けと言わなかったかい」

「そう、引き付けよ」

「下駄は漆《うるし》か白無垢《しろむく》か、見たかい」

引き付けとは下駄の一種で、歯を鋸《のこぎり》で引き付けるのでこの名がついたのだ。男女ともにあるが、女用は漆塗りか白無垢のどちらかだ。

「漆塗りと思ったな」

「おまえさん、名はなんと言いなさる」

「お鈴《すず》です」

「お鈴ちゃん、これで手絡《てがら》でも買っておくれ」

政次は二朱ほどを差し出した。

びっくりしたお鈴が後退《あとじさ》りした。

「お鈴ちゃんの言葉が探索に役に立つかもしれないんだ。遠慮することではない。ほんとうに助かったよ」

政次がお鈴の手に銭を押し付けると、お鈴は小さな声で有難《ありがと》うと礼を言った。

井戸端に戻った政次は亮吉が女たちのために釣瓶《つるべ》で水を汲《く》んでいるのに呼びかけた。

「亮吉、行こうか」

二人は通一丁目新道に抜け出た。

「どうするね、これから」

「金杉橋だ」

「金杉橋だって、なにがあるんだい」

「およしが掛け取りに行った先が金杉橋側の履物屋花沢屋蚊吉と言わなかったか」

「そうだよ」

「巾着切りの娘の一人が垣根を飛び越えた途端に下駄を飛ばした。大方、鼻緒が緩《ゆる》んでいたんだろう。そのとき、この引き付けと罵《ののし》っている。逃げるときに下駄が脱げた、そんなときに引き付けなんて罵る娘がいるかい」

「この糞下駄《くそげた》めあたりが通り相場だぜ、若親分」

政次は頷くと東海道を南に下り始めた。


夕暮れ六つ半（午後六時）時、政次と亮吉が汗を額に浮かべて戻ってきた。

「若親分、どこまで遠出していなさった」

と常丸が声をかけると、亮吉が、

「娘の身元が割れたぜ」

と得意げに叫んだ。

宗五郎が鎮座する居間に手先たちが集まってきた。

「お手柄だったな、独楽鼠」

「親分、おれの手柄じゃねえや」

「まあ、話せ」

「巾着切りの一味の娘の一人がさ、およしが掛け取りに行った芝金杉橋口の履物屋花沢屋の次女おしまだったんだよ」

「なにっ、花沢屋の娘だと」

およしから巾着を強奪した一味が逃げ込んだ万町裏の長屋の娘が聞いた、

「引き付け」

の言葉から政次が花沢屋を思い付き、まず周辺から探りを入れると次女のおしま十六歳が養母のおせんとの折り合いの悪さからぐれて、家を飛び出していることが分かった。

家に戻るのは一端《いっぱし》の悪たれどもを連れてきて、金をせびるときだけという。およしが掛け取りに行ったときもおしまは戻ってきていて、養母のおせんに、

「おまえにくれる金なんぞは鐚銭《びたせん》一文もないよ」

と手厳しく断わられていた。

「するとおしまは実家で無心ができず偶々《たまたま》掛け取りに来ていたおよしの巾着を狙ったということか」

「およしが花沢屋の店頭で何度もぺこぺこ頭を下げるのを、おしまが橋際で見ていたのを何人かに目撃されております」

政次が答え、亮吉が続けた。

「照降町へと戻るおよしのあとをさ、おしまと仲間たちが何事か相談しながら尾《つ》けていく

のも自身番の番太郎《ばんたろう》に見られていらあ」

「おしまの男はだれだ」

「花沢屋のおせんが承知しておりました。南大工町《みなみだいくちょう》の大工の三男坊で十八の勘太郎《かんたろう》です。餓鬼の頃から評判の悪《わる》で、町内の持て余し者だそうで。その仲間の一人が小村井《おむらい》村の汚《お》わい屋《や》の倅で、日本橋界隈の裏長屋の厠《かわや》を汲み取りに回っていた竹蔵《たけぞう》と申す十九歳の半端者です。残りの三人は一人がどうやらおしまの幼馴染《おさななじみ》のりつというらしいとしか分かっておりません」

「奴らの塒《ねぐら》はどうだ」

「どうやら堀端に止められた汚わい船に寝泊まりしているようでございます」

「それはまた臭《くさ》い塒だな」

宗五郎の言葉に亮吉が張り切った。

「おれもさ、親分と同じ台詞をはいたらさ、おしまの幼馴染に笑われたぜ」

「汚わい船なら臭かろうに」

「だからさ、竹蔵が家からまだ使われてねえ汚わい船を持ち出し、大工の倅の勘太郎が指揮して、寝泊まりできるように手を入れたそうだ。おしまは船ならばどこへでも行けると自慢していたらしいや」

「となると船を捜すのが先決か」

「そういうことだ」

と亮吉が締め括った。

「引き付け下駄から花沢屋を手繰《たぐ》り寄せたか」

「長屋の娘は引っかけと覚えておりました」

政次の答えを亮吉が受けて言った。

「引っかけだ、引き付けだって、おれなら吉原《よしわら》の引き付け（座敷）くらいしか浮かばないぜ」

「亮吉、下駄が脱げておしまは罵ったんだよ、吉原なんて思い浮かばないよ」

「二人らしいや。政次、ようその娘を見付けたな、引き付けの一件といい手柄だ」

「いえ、お鈴ちゃんにもう少し早く行きつくべきでした」

政次の答えに頷いた宗五郎が、

「政次、八百亀、明日一番で小村井村に乗り出せ」

と手配りを命じた。

四

江戸時代、糞尿《ふんにょう》は一つの商品であった。

蔬菜《そさい》栽培の肥料として使われるのだ。

江戸の近郊の農家では、上は大名家から下は裏長屋の糞尿まで契約して引き取りに来た。

その折、大所の屋敷では金銭が、裏長屋では餅や米、大根、茄子《なす》など季節の野菜が長屋を差配する大家に支払われた。
糞尿が一種の商品である以上、品《しな》の良し悪しは当然あった。
最上等は勤番と呼ばれる大名屋敷のもの、
上等は辻肥と称される武家、公家役所のもの、
中等は町肥、町家のもの、
下等はたれこみと呼ばれる尿が多いもの、
最下等は目状と呼ばれる牢屋敷の肥であった。
大半が個別の契約だが、効率のよい糞尿収集のために汚わい船で運ぶ業者もいた。
小村井村の竹蔵の家も何隻かの汚わい船を所有し、葛西川村、小村井村、寺島村、大畑村などの百姓家と江戸を結び、糞尿の収集を手広く商いにしてきた。
翌日、政次と八百亀らは綱定《つなさだ》の船頭、彦四郎《ひこしろう》と永吉《えいきち》の漕ぐ猪牙舟《ちょき》二艘に分乗して、日本橋川から大川《おおかわ》に出て横断し、竪川《たてかわ》、十間川《じっけんがわ》を通過して北十間川へと乗り入れ、境橋で舟を止めた。
竹蔵の家は北十間川に架かる境橋から北へ走る中井堀へと入り込んだところにあった。
船着場を持った大きな百姓屋敷だ。だが、すでに汚わい船は仕事に出て、船着場はがらんとしていた。無論、竹蔵たちが持ち出したという船の姿もなかった。
「若親分。わっしがちょいと親父と話してこよう」
八百亀が猪牙舟からひょいと船着場に飛び、亮吉が従った。

「肥を集めてこれだけの家屋敷がもてるのか」

金座裏の手先の中で一番若い波太郎が驚きの声を上げた。

「昔から人がやりたがらねえものを扱うほど銭になると相場が決まっていらあ。竹蔵の家も肥分限者《こえぶげんしゃ》だな」

と、だんご屋の三喜松《みきまつ》が応じた。

「だんご屋の兄い、おれは金はほしいよ。だけどよ、いくら分限者になるといっても肥船で儲けようとは思わねえや」

「波太郎、まだ考えが甘いな。他人の裏道を行く金儲けといってよ、他人様《ひとさま》と一緒のことをして金儲けになるものか」

「だんご屋の兄いは手先を辞《や》めて汚わい屋になるかえ」

「そいつは無理だな」

「だろう」

「波太郎、了見違《りようけん》いをするなよ。この三喜松はおめえと違い、銭儲けしたくねえから金座裏の手先で年がら年中汗を掻き掻き、江戸の町を走り回っているんだ」

「驚いたぜ、だれでも銭儲けしたいがな」

と波太郎が言ったとき、八百亀と亮吉が戻ってきた。

「若親分、竹蔵は船を持ち出した夏頃から小村井村には戻ってねえそうだ。日本橋の上で巾着切りをしたと言ったら、驚くより怒ってましたぜ」

八百亀が報告し、

「それがさ、竹蔵の親だねえ、十二両ぽっちで巾着切りなんぞしやがって、肥を集めりゃあ、そんなものいくらでも稼げるのにと了見違いの怒りようだ。八百亀の兄いがてめえ、その十二両を盗まれ、首を括って死のうという女もいるんだ。竹蔵をふん捕まえたら、親のおめえも白洲に呼び出すからそう思えと一喝《いっかつ》したらよ、青い顔をしていたぜ」

と亮吉が言い足した。

頷いた政次が聞いた。

「竹蔵の船の所在を親父は承知していましたか」

「ああ、数日前には汚わい船の船頭が南十間川の御材木蔵《おざいもくぐら》辺りで見たそうだ。どうやら深川の堀沿いを動きながら悪さを繰り返しているようだ」

亮吉が答えた。

「ならば南十間川に戻り、そこいら辺りから船捜しをしようか」

二隻の猪牙舟は南十間川へと舳先《へさき》を巡《めぐ》らした。

江戸は隅田川を中心に堀を四通に発達させた運河の都だ。

深川界隈には東西に延びる仙台堀、小名木川《おなぎがわ》、竪川、源森川《げんもりがわ》が、南北には横川、南十間川が通じて、そこから小さな運河が複雑に出ていた。さらに幕府の御米蔵、御材木蔵、御竹蔵、木場など広大な堀が点在して、一隻の船を捜すのは、砂浜に落ちた針を探すようなものだった。

政次と八百亀を頭分とする二隻の猪牙舟は分かれて探索に当たることにした。

だが、縦横に走る堀のどこにも荷足船《にたりぶね》、屋根船、漁師舟が舫《もや》われていて、なかなか竹蔵の船を見つけることはできなかった。

「若親分よ、大きな堀筋にはいねえな。どこぞの狭めえ運河に入り込んでいるか、大川の西側をふらついているかもしれないぜ」

と深川界隈の堀を漕《こ》ぎ続けてくれた彦四郎が言った。

「確かに大川の東側に土地勘のあるのは竹蔵だけだ。勘太郎やおしまは向こう岸だからね」

夕暮れが迫っていた。

「どうするね」

「八百亀の兄いたちと落ち合おうか」

落ち合い場所は竪川と横川が交差する堀だった。

南辻橋、新辻橋、北辻橋の三つの橋が河岸端を往来する人々の便宜を図っている。その石垣の下にすでに八百亀たちの乗る猪牙舟はあった。

「若親分、そっちも当たりなしか」

「どこに潜《もぐ》り込んだか、いませんね」

「江戸は広いからね」

「とはいえ、兄さん、明日は藪入りですよ。今夜じゅうに捕まえて、あいつらに悪さを繰り返させたくないんですがねえ」

「若い奴らがこの刻限で回るとしたら、盛り場だねえ」

「両国の東西広小路ですか」

「わっしらが西広小路に回りまさあ。若親分は東広小路をあたって下さいな。それで駄目なら明日から仕切り直しだ」

老練な手先と政次が話し合い、再び猪牙舟は動き出した。

大川の向こう岸に先に戻る永吉の猪牙舟は舟足を上げて、先へ進んだ。

彦四郎は悠然とした櫓捌《ろさば》きで竪川の両岸を確かめながら行く。

もう江戸の町には夜の帳《とばり》が下りて、明かりが点《とも》っていた。

「独楽鼠よ、うちの舳先にも明かりを点してくんな」

と彦四郎に言われ、亮吉が応じた。

「どこぞの舟に横付けしねえ、火を分けてもらおう」

「あいよ」

彦四郎が二ツ目之橋際に点っていた屋根船にすいっと猪牙舟を横付けした。

「兄い、御用の船だ。火を分けてくんな」

と亮吉が身軽に屋根船へと飛び、火を分けてもらうついでに若い男女が乗る船に心当たりはないかと聞いた。

「兄い、ここいらを見てみなせえ、船だらけだぜ。若い連中の乗る船と言われても見当のつけようもねえや」

「元は汚わい船だ。そいつには五、六人の若い男女が住み暮らしているんだ」

「なんだ、竹蔵の苫船《とまぶね》か」

「兄い、承知か」

「おれは竹蔵の隣村、葛西川村の生まれだ。竹蔵とは顔見知りよ」

「最近、会ったかえ」

「昼下がりに両国橋下で見かけたぜ、素人が葺《ふ》いた苫船だ。流れの上からでも見分けがついたよ」

「両国橋の東か西か」

「東詰だ。水垢離《みずごり》場の近くだったぜ」

「兄い、助かった」

亮吉が提灯《ちょうちん》の明かりと一緒に戻ってきた。

「独楽鼠、ようやったぜ。今日、初めての当たりじゃねえか」

と急に彦四郎の櫓が力強くなって、竪川を大川の合流部へと走り出した。

一ッ目之橋を潜ると大川だ。

彦四郎は上流へと舳先を巡らし、大山参りの水垢離場へと舟を突っ込ませた。

大山参りの講中の者はこの垢離場で体を浄《きよ》めて江戸を離れるのだ。だが、石段の設けられた水垢離場に苫船の止まっている様子はなかった。

「糞っ、どこぞへ移りやがったな」

亮吉が吐き捨てた。

「彦四郎、盛り場の北側へと回ってくれ」

政次が命じた。

「駒留橋《こまどめばし》下でいいか」

「そこだ」

政次は竹蔵らがこの界隈にいると判断したのだ。そこで両国東広小路の北側、回向院《えこういん》の西へと入り込む運河へ猪牙舟を回してくれと言ったのだ。

彦四郎の猪牙舟が両国橋下を潜ると広小路の見世物小屋の呼び込みの声が響いてきた。明かりが水面に洩れて、赤く染めていた。それがかえって水の冷たさを感じさせた。

大川から再び堀へと猪牙舟は入り込んだ。

その先にあるのが駒留橋だ。

舳先に座っていた亮吉が、

「若親分、見つけたぜ」

と押し殺した声を上げた。

政次も常丸も彦四郎も見ていた。

古びた船を覆うように葦《あし》で葺かれた苫船が駒留橋下に止まっていた。そして、苫の隙間から煙が上がっていた。

「飯でも炊いているのかねえ」

亮吉が身構えながら呟《つぶや》き、彦四郎が苫船に猪牙舟を気配もなく横付けした。苫船の舳先と艫《とも》へ亮吉と常丸が飛び、腰を屈《かが》めて苫船の中を覗いた。

娘が一人屈み込んで七輪《しちりん》に土鍋をかけて飯を炊いていた。その匂いがぷーんと船中から漂ってきた。

「おしまか」

艫から常丸が声をかけると娘がぎくりとして、亮吉のいる舳先に飛び出して逃げようとした。

その腕を亮吉がひっ摑み、

「金座裏のご一統様の網にかかったんだ、逃がすものか」

と船底に体を転がして押し付けた。

「痛いや。放せ、放しやがれ！」

と喚《わめ》く娘に政次が、

「亮吉、頭を冷やさせようか」

「水垢離場も近いや、逆上《のぼ》せた頭を寒の水に突っ込んでやろう」

と顔を船縁《ふなべり》からわざと突き出した。

「なにをしやがる！」

「女だてらに乱暴な口を利《き》くんじゃねえ。まずはおめえの名だ。言わねえと大川の水に体ごと放り込むぞ」

「くそっ、岡っ引きの手先め。冷たい水に投げ込まれて堪《たま》るものか。りつだよ」

「よし、りつ、勘太郎やおしまはどこへ行った」

「どこって稼ぎに広小路に上がってらあ」

政次が彦四郎に、

「彦四郎、りつの面倒を頼もう」

「あいよ。綱定の彦四郎様だ、あばずれ娘の一人や二人とり逃がしっこねえよ。安心して残りの餓鬼どもをふん捕まえてきねえな」

とりつの襟首を摑み、ぐいっと大根でも引き抜くように苫船から猪牙舟へと持ち上げて移した。


政次らは大勢の人が集まる両国東広小路の盛り場を捜索して回るよりは、苫船に戻ってくる勘太郎やおしまらを待ち受けて捕まえるほうが確実だと待ち伏せを選んだ。

駒留橋界隈の暗がりに政次、常丸、亮吉の三人が潜《ひそ》んだ。

三人が張り込みを開始して半刻（一時間）も過ぎた頃合、広小路の明かりが見える道を五人の男女が走り込んできた。

「勘太郎、巾着は重いかえ」

娘が一端《いっぱし》の伝法《でんぽう》な言葉遣いで聞いた。

「おしま、おれが睨《にら》んだんだ、間違いねえよ。あの手代、掛け取りの帰りだねえ。この重さは百両じゃきかねえよ」

「ならばさ、ほとぼりを冷ますついでに、どこぞへ遠出しようよ」

「みんなでか」

「そうだねえ、江ノ島か箱根に行きたいね」

「おしま、竹蔵の船じゃあ江ノ島には行けっこねえぜ」

「ならば五丁駕籠を連ねようよ」

傍若無人《ぼうじゃくぶじん》に戦果を語り合いながら駒留橋上に戻ってきた勘太郎が、

「りつ、戻ったぜ」

と流れの苫船に呼びかけた。

その五人を橋の左右から三つの影が取り囲んだ。

「だれだ、てめえたちは」

「悪さは今宵《こよい》限りだねえ」

政次がぴしゃりと宣告した。

「手先か」

「金座裏の若親分のお出張りだよ。勘太郎、おしま、竹蔵、名なしの二人、大人《おとな》しく縛《ばく》につきねえ」

と亮吉が言い足した。

と吐き捨てた勘太郎が懐に片手を突っ込むと匕首《あいくち》を抜き放った、もう一方には強奪してきたばかりの巾着を握っていた。すると残りの男女も匕首やら剃刀《かみそり》を構えた。

「若親分、驚き桃の木山椒《さんしょ》の木だ。当世、若い娘が剃刀を振り回すかねえ」

と亮吉が憮然《ぶぜん》と言うのをきっかけに勘太郎が、

「こやつら、叩き斬《き》って逃げるぜ！」

と叫びながら、匕首を振りかざして政次に突っ込んでいった。

腰に差された銀のなえしが抜かれ、匕首の切っ先を打ち払うと肩口に打撃を加えた。さらに立ち竦《すく》む相手の鳩尾《みぞおち》になえしの先端がぐいっと突っ込まれた。

勘太郎の腰がへたへたと崩れて倒れ込んだ。

「なにをしやがる、この野郎！」

二の腕もあらわに剃刀を翳《かざ》して飛び込んできたおしまの鳩尾に八角の先が突っ込まれて、おしまも勘太郎のそばに崩れ落ちた。

常丸と亮吉も竹蔵ともう一人の男を叩き伏せていた。残るはまだ名の判明しない娘だけだったが、政次ら三人に睨《にら》まれ、
わあっ
と泣き声を上げて地団太《じだんだ》を踏みながら、

「だから、あたいがこんなこと危ないと何度も止めたんだよ」

としゃくり上げ始めた。

「後悔先に立たずだ、もう遅いや」

亮吉が冷たく言い放った。


その夜、鎌倉河岸の豊島屋では暖簾《のれん》が下げられようとしていた。そこへ大小二つの影がその身に寒さを纏《まと》わりつかせて飛び込んできた。

「あら、彦四郎さんと亮吉さん、政次さんはどうしたの」

しほが気付いて問うた。

広い土間には兄弟駕籠の繁三《しげぞう》と梅吉《うめきち》ら数人の馴染みしか残っていなかった。

「若親分はさ、南塗師町《みなみぬしちょう》の漆器《しっき》屋加賀参座に、悪たれどもが強奪した金子百五十両を返しに行ってなさらあ。今頃、手代のだれぞが命拾いをしたと大泣きの最中だろうぜ」

「亮吉、照降町の雪駄屋のおかみさんから掛け取りの十一両何分だかを巾着ごと強奪した餓鬼を捕まえたんだな」

帳場から顔を覗かせた清蔵が張り切った。

「大旦那、うちが動いて、悪たれの五人や六人逃がすもんじゃねえや」

亮吉が胸を張った。

「よくやった」

と清蔵が叫び、

「しほちゃん、庄太、二人に熱燗《あつかん》を持ってきてやんな」

と命じた。

「だけど調べはついてないぜ」

「いいさ、分かっているところまで語りな、どぶ鼠」

「大旦那までどぶ鼠だと。いいかい、そこそこのお店《たな》のさ、次男坊やら次女がぐれて徒党を組み、苫船でこの半年余り一緒に暮らし、巾着切りを繰り返していた、それだけの話さ」

「若い連中のやることにはどうも風味がないな」

「巾着切りに風味も風雅もあるものか。余罪もぞろぞろ出てきそうだし、まずは六人の極刑は免《まぬか》れねえところだ。それぞれの親にもお咎《とが》めがあろうと親分が言ってなさったぜ」

「若い連中が家を出て放蕩《ほうとう》しているのを見過ごしてきた親には、重々罪咎《つみとが》がありますよ、きついお灸《きゅう》を奉行所で据《す》えてもらうことですね」

しほと庄太が熱燗の徳利《とっくり》と茶碗を運んできて、豊島屋の店仕舞いはいつもよりも遅れそうな気配だった。

第五話　八つ山勝負

一

正月の十五、六日は藪入《やぶい》りだ。商家に勤める奉公人にとっては盆と正月、年に二度訪れる休暇である。前日から、主《あるじ》夫婦に実家への土産《みやげ》と小遣いを渡され、

そわそわ

と落ち着きがない。また、在から江戸へ奉公に上がっている者は、どこの盛り場に行こうか、あるいは吉原《よしわら》か四宿《ししゅく》の遊び場に繰り出そうかと指折り数えて待っていた。

江戸の町全体が前日の十四日から上気して、仕事に手が着く風もない。

金座裏《きんざうら》も朝からそんな風だった。いや、お上《かみ》の御用を務める手先たちだ、世間同様の藪入りがあるわけではない。だが、遊びに慣れない小僧《こぞう》たちが懐《ふところ》に小遣いを持って母親の待つ実家や盛り場に散るのだ、どうしても騒ぎが起きやすい。そこでいつもは手先たちが縄張り内の盛り場に見回りに回る。

今年は政次《せいじ》と亮吉《りょうきち》がその見回りから外された。いや、ちょっと変わった見回りを、皆の前で宗五郎《そうごろう》から命じられた。

昼前、政次の道場仲間の生月尚吾《おいづきしょうご》、青江司《あおえつかさ》、結城《ゆうき》市呂平《いちろべい》ら若い門弟五人が緊張の面持《おもも》ち

で金座裏を訪ねてきた。それを政次が出迎え、

「ささっ、どうぞお上がり下さい」

と宗五郎とおみつの待つ居間へ招じ上げようとした。すると生月ら若い連中は、

「これが御金座の裏口にございますか」

「御金座の裏に一家を構えてあるゆえ、金座裏の宗五郎親分と申されるのはほんとうのことなんだ」

「家康《いえやす》様の御世から将軍家御金座の御門番となると、田舎《いなか》大名家の家臣の家系なんぞは比較にもなりません」

と口々に大騒ぎして、御城に一番近い町家、古町町人《こまちちようにん》が屋敷を連ねる界隈を歩き回った。

そして、ようよう内玄関から広い土間に入り、玄関口の控え座敷、二つ続く広座敷、神棚のある居間と続く金座裏の一階に上がると、大きな神棚の三方《さんぼう》に飾られた金流しの十手《じつて》と銀のなえしをちらりと見て、さらには長火鉢の前にでーんと控える九代目宗五郎とおみつに気付いてはじめて、五人は慌《あわ》てて腰を落として一列に座した。

そのかたわらには北町定廻同心《きたまちじようまわりどうしん》にして、神谷道場の大先輩剣士の寺坂《てらさか》毅一郎《いちろう》が控えていた。

「これはこれは金座裏の宗五郎親分にござるか。それがし、長門府中藩家臣にして神谷丈右衛門道場の末席を汚《けが》す生月尚吾と申す未熟者にございます、以後、よしなに……」

宗五郎が手を振って、

「生月様、堅苦しい挨拶《あいさつ》はそれくらいで結構だ。先の東西戦では見事なご活躍にございましたな」

「なんと親分もあの試合ご覧になったか。いや、政次どのが出場されたのだ。当然、赤坂田町に招かれておられたであろう」

生月が一人得心《とくしん》するのを寺坂が、

「尚吾、とってつけた挨拶では宗五郎親分に通じねえよ。金座裏に来たんだ、屋敷奉公の裃《かみしも》を脱ぎねえな」

と伝法《でんぽう》な巻舌で言った。

「おや、そこへ寺坂様がおられましたか」

「ちぇっ、こやつら、なにも見えてないらしい」

同じ釜の飯を食い合う兄弟弟子だ。身分の上下を忘れて、屈託《くったく》がない。

「政次、若様方だ、町家は珍しかろう。どこでもいいよ、家の中を案内してあげな」

おっ義母《か》さんのおみつが言い、

「武家屋敷ほどの広さはございませんが」

と言う政次に一階から二階、蔵、台所、さらには庭まで見せられた一行は、最後の居間に戻ってきて金流しの十手を拝見し、ついでに銀のなえしも手に取って、

「これは刀より扱いがいいぞ、政次どのの腕前なれば難なく使いこなせよう」

と銘々が振り回してみた。

半刻《はんとき》（一時間）、金座裏を見物した一行に向かって政次が、

「本日の趣向はこれからにございます」

と言い出した。

「政次どの、鎌倉河岸《かまくらがし》の豊島屋《としまや》はもはやこの刻限から店開きしておるか」

「生月様、そうではございません。おっ義母《か》さんが苦心の接待を考え出されました」

「苦心の接待とは何です」

一番若い青江が興味津々《しんしん》に聞いた。

「江戸の町方の見回りに皆さんを同行しようという企てです」

「ほう、町方の見回りにですか」

「今日は小僧など藪入りで人出が多いとはいうが」

生月ら一行は腑《ふ》に落ちないまま金座裏から龍閑橋《りゅうかんばし》際の船宿綱定《つなさだ》に連れていかれた。そこにはすでに彦四郎《ひこしろう》が船頭の屋根船《やねぶね》が待機していた。

女将《おかみ》のおふじが艶《あで》やかな姿で政次を迎え、

「若親分、仕度はできてますよ」

と話しかけた。

「おふじさん、造作をかけました」

「なんのことがありましょうか。おみつさんが昨夜から気を遣ってすべてを仕度なされた、うちは屋根船を出すだけですよ」

と言うおふじを生月らは、ぼうっとした顔付きで眺めていた。

「政次どの、金座裏の見回りとは屋根船でござるか」

「いいえ、生月様、本日は藪入り、町中にはいろいろと騒ぎも起こりましょう。そんな中、金座裏に神輿《みこし》を据えて私ども若い連中が飲み食いも憚《はばか》られます。そこでおっ義母さんが江戸八百八町を水上から見回りながら、ついでに昼餉《ひるげ》を食せとこんな仕掛けを考えられたのです」

「なんとそのようなお心遣いを」

「それがし、屋根船など乗ったことはございません」

まだ若い連中だ。嫡男《ちゃくなん》もいたが家督をだれも譲られていない。当然、屋根船に乗る身分でも懐《ふところ》具合でもなかった。

「さあっ、乗ったり乗ったり」

屋根船の舳先《へさき》に座っていた小柄な船頭が船着場の一行に呼びかけた。その前には七輪《しちりん》があって、酒の燗《かん》ができるようになっていた。

「あれっ、亮吉さんだぞ」

亮吉と顔見知りの生月が叫んだ。

「へえっ、本日は金座裏の手先《てさき》が船宿のお燗番に身を窶《やつ》している仕度なんで。生月様、料理は金座裏のお手製、酒は豊島屋の上酒だ」

「驚き入った趣向ですね」

ぞろぞろと若侍ご一行が屋根船に乗り込み、

「おや、炬燵《こたつ》が用意されているぞ、これはよいな」

「水の上から見る江戸の町は一風違っておるぞ」

などと言い交わした。

炬燵の上には松花堂《しょうかどう》弁当がすでに並んでいた。

「彦四郎、気をつけてお行き」

とおふじが屋根船の船縁《ふなべり》に手をかたちばかり添えて、押し出して見送った。

「女将さん、行ってきますよ」

竿《さお》を手にした彦四郎が一、二度、水底を突き、龍閑橋の下を潜ると御堀に屋根船を出して櫓《ろ》に換えた。

「おおっ、これは晴れ晴れとした気持ちにございますぞ」

「重臣方はいつもかような贅沢《ぜいたく》をなされておられるのでしょうか」

「青江、どこも武家屋敷は金銭に詰まっておられる。かような奢《おご》りが出来るものか」

「一生に一度くらいいいですよね」

日頃は汗臭い稽古《けいこ》着の体をぶつけ合って竹刀《しない》を振るい合う同門の若者たちだけに気兼ねもない。

独楽鼠の亮吉が燗をつけた徳利《とっくり》を、

「若親分、燗が頃合につきましたぜ」

と差し出した。

「亮吉、すまないな、お燗番なんぞをさせて」

「お上さんがおれと彦の分も弁当を用意してくれたんだ。後で頂くぜ」

「そうしておくれ」

常盤橋《ときわばし》を潜《くぐ》り、さらに一石橋《いっこくばし》から日本橋川《にほんばしがわ》に屋根船が入って、障子が薄く開けられた。

御城近くで若い連中が奢った遊びをしていると勘ぐられても、と政次と彦四郎が配慮したのだ。

だが、今や屋根船は江戸町人が住み暮らし、一日千両を商う魚河岸のある日本橋川へと出ていた。

「ささっ、一つ」

政次が主の役を務め、生月らに杯を満たし、

「ようお出で下されました」

と挨拶した。

「われら、このような贅沢《ぜいたく》な供応が待ち受けていようとは考えもしなかった。金座裏のご一家のご親切、ありがたく頂戴《ちようだい》致す」

と生月が応じ、一座で酒を干した。こうなれば気心が知れた連中だ、弁当の蓋《ふた》を開けた青江が叫んだ。

「おおっ、金目《きんめ》の焼き物、慈姑《くわい》の煮物、出し巻き昆布まであるぞ。これは私の好物ばかり、

馳走《ちそう》の数々がぎっしりと並んでおりますよ」

船は日本橋の下を潜った。

「政次どの、御城と富士山をこのように下から見上げたのは初めてにござる。景色もよければ酒もよし、料理もさらに言うことなし」

酒が一回りした頃合、彦四郎の屋根船は大川《おおかわ》に出た。

「私の屋敷はこの界隈ですが、いつの日か大川から屋敷を眺めてみたいと思うておりました。夢が叶《かな》いました」

と嬉《うれ》しそうな顔をしたのは、陸奥磐城平《むついわきたいら》藩三万石の安藤家に奉公する永井良次郎《ながいよしじろう》だ。

「あれが安藤家のお屋敷の甍《いらか》ですか」

政次の問いに、良次郎は、

「まるでいつもとは違う光景ですよ」

と破顔して、いつまでも見ていた。

「ささっ、熱燗がつきましたぜ」

亮吉が新しい酒を運んでくると、

「亮吉、おまえも座っておくれ」

と政次が引き止めた。

「本日はお燗番兼彦四郎の手伝いだ」

と遠慮していた亮吉だったが、皆に引き止められ、

「彦四郎、悪いな」

と座に加わった。

こうなればむじな亭亮吉の独壇場だ。

むじな長屋で育った三人の話からそれぞれ別の道を歩き出した経緯《いきさつ》、さらには政次が松《まっ》坂屋《ざかや》から金座裏に譲り受けられた事情などを講談仕立てで語り聞かせ、

「ここ鎌倉河岸裏むじな長屋に育ちし三人の賢者の生い立ちと前半生勲《いさお》しの数々読み切りにございます」

と締め括《くく》った。

呆《あき》れる政次をよそに、生月らは、

「これで政次どのの人柄が理解つき申した」

「われら、武家の子弟にも見当たらぬ思慮分別を持っておられるものな」

「師匠がいつも、そなたら金座裏の政次どのを見習え、と申されるわけが分かったぞ」

などと言い合った。

「亮吉、自分のことばかりか、私や彦四郎をそんないい子にしないでおくれ」

と政次が笑いながら諫《いさ》めたとき、彦四郎が、

「浅草寺から奥山が遠くに見えてきたぜ」

と知らせ、一頻《ひとしき》り水上からの眺めを楽しんだ。

彦四郎の漕ぐ屋根船は大川が荒川と名を変える辺りまで漕ぎ上がり、隅田村木母寺《もくぼじ》の船

着場に舫《もや》われた。一行は酔いを醒《さ》ましがてら、江戸とは違う長閑《のどか》な風景を楽しんだ。皆が散策する間に彦四郎がおみつが作ってくれた松花堂弁当を、

「こいつはうめえや、独楽鼠なんぞに食べさせるのは勿体《もったい》ない」

と嬉しそうに平らげた。

帰りの船はどの顔も満足の体《てい》で、

「ふうっ、飲んだ、食べた。これは堪《たま》りませんね」

「青江、武士にあるまじき態度ではないか。腹なんぞを突き出して座るでない」

「そういう生月様も、襟《えり》の合わせ、袴《はかま》もだいぶ乱れていますよ」

「本日は剣友同士、無礼講だからな」

と言い合った。

「ああ、そうそう」

と青江が言い出した。

「一昨日《おととい》のことです、御用で品川に行った帰りに、政次さんにこてんぱんにやられた道場破りの渡辺《わたなべ》様にお会いしましたよ」

政次が青江に視線を向けた。

「渡辺様が付き合えと申されて、馬方《うまかた》が集《つど》う飲み屋に連れていかれました」

「まだねんねの青江に付き合えと申されるほど、渡辺様は人が恋しかったのであろうか」

生月が独白した。

「それもあるかもしれません。ともかく藩を抜けた事情が分かったのです」

「ほう、渡辺堅三郎《けんざぶろう》どのの脱藩の仔細《しさい》が分かったか」

はい、と答えて青江が言った。

「それが実に呆《あき》れた次第なんです。鳥取新田藩ではこの数年 鱸《すずき》釣りが盛ん、家臣方が上も下も夢中で、それぞれ仕掛けなどを工夫なされておられたそうです。御番衆のだれそれが二尺余の鱸を上げたとか、いや、だれそれの魚のかたちのよきことなど自慢し合うことが繰り返されてきました」

「その鱸釣りと渡辺様の脱藩に関わりがございますので」

「政次さん、そうなんだ。渡辺様も鱸釣りに熱中するあまり、どちらが大きな鱸を釣り上げるかで賭《か》けをした」

「………」

政次をはじめ一同が思わぬ展開に驚いて青江を見た。

「ですが渡辺家は下士の家柄、賭けるべき金子《きんす》の余裕などございません。渡辺様にあるのは剣の腕前と城下で知られた美人の女房どの、まだお若い寧々《ねね》様と申される方だそうです」

「まさか寧々様を賭金にしたというのではあるまいな」

亮吉が思わず叫んでいた。

「それがそうなんです」

「呆れた」

「相手の巧妙な仕掛けについ女房をと言ったらしい」

「それで鱸釣りに負けたのですね」

「政次さん、見事に負けられた」

政次はあれだけの剣の技量の持ち主が、と意外な一面を知らされたようで呆れ返った。

「青江様、分からないや。なんで賭けに負けた渡辺様が江戸くんだりまで現われて、高輪《たかなわ》大木戸辺りをうろうろするんです」

亮吉が当然の疑問を呈した。

「鱸釣りに夢中になり、それを賭けにして女房まで取られたとなると藩にはおられませんよ」

「奉公とはそんなものですか」

「ともかく渡辺様は藩を辞《や》めざるをえない苦境に立たされた。また相手の物詰《ものづめ》丹後《たんご》も他人の女房を賭けで奪うなど言語道断《ごんごどうだん》、ときついお叱《しか》りを受けて、別れさせられ、江戸勤番に転じた」

しばしの沈黙の後、

「寧々さんは渡辺さんの許《もと》へ戻ってこなかったのですか」

と政次が聞いた。

「まあ、親戚《しんせき》なんぞが間に入って、夫婦は謹慎しておれ、と別居が命じられたそうです」

「他人に肌身を合わせてはなあ」

と亮吉が露骨《ろこつ》な表現をした。

「亮吉さん、驚くのは、この後なんです」

「青江様、これ以上なにが起こりました」

「賭けから半年も過ぎた頃、あの鱸釣りには仕掛けがあって、物詰が不正をしたと渡辺様の耳に入れた者がいるそうなんで」

「なんてこった！」

「鱸釣りの賭けは立会人を立てて、それぞれが見える別々の岩場で釣りをしていたようです。相手の物詰丹後は立会人の一人の朋輩《ほうばい》と謀《はか》り、渡辺様が夢中になっている隙《すき》に前もって用意していた大きな鱸をさも今掛かったように細工して賭けに勝ったというのです」

一座は粛然《しゅくぜん》として声もなかった。あまりにも馬鹿馬鹿しい話だからだ。

「そんな話、ありかよう」

亮吉が叫んだ。

「大真面目《まじめ》な話なんです」

「青江様、寧々様は物詰某の後を追って江戸に出てこられたのですね。そして、渡辺様はその寧々様を取り返さんと江戸に出てこられたのですね」

「政次さん、実はそうなんだ」

また船中を沈黙が支配した。

「渡辺さんは寧々さんの行方《ゆくえ》を見つけられたのかねえ」

亮吉がだれに聞くともなく尋《たず》ねた。

「物詰丹後が下屋敷近くの寺の離れに囲っているそうです」

「それを渡辺様は見張っているのかな」

亮吉の言葉に青江が頷き、言った。

「物詰が藩邸から通ってくるのを待っているということでした」

「その寺がどこか青江様に言われましたかえ」

青江が顔を横に振り、また重い沈黙が漂った。

彦四郎の漕ぐ櫓の音だけが律動的に船の若者たちの耳に響いていた。

「渡辺さんはどうする気なのだろう」

政次が呟《つぶや》いたがだれも答えなかった。そのやりきれない雰囲気を破ったのは彦四郎の声だ。

「鎌倉河岸に到着しましたぜ。さあっ、第二幕の幕開きだ！」

二

しほは、いつもよりも手代や小僧が多く往来する鎌倉河岸を見ていた。長屋に戻り、お父つあんやおっ母さんに挨拶してから町内の湯屋に行かされた藪入りの子供が、家族とともに、豊島屋などに繰り込んできたりもしていた。

「しほ姉ちゃん、政次さん方、遅いね」

小僧の庄太《しょうた》が店から出てきて話しかけた。腹に託し上げた豊島屋の前掛けの前に盆を持っているところを見ると、名物の田楽を客に運んできたところなのだろう。

「庄太さんはどうして休みを取らなかったの。大旦那《おおだんな》様も内儀《おかみ》さんもあれだけ勧《すす》められたのに」

「ならば姉ちゃんはどうして藪入りをしなかった」

「私は大人だもの」

「奉公人なら大人も子供も関係ないさ」

と答えた庄太が、

「うちは旦那に願えばいつでも休める。だからさ、普段休めない小僧さん方が町に出る今日くらい働いてもてなさないとな」

しほは庄太を見た。

亮吉にちぼの庄太とからかわれている少年は、いつの間にかしっかりとした考えを持つようになっていた。

「なんだい、じろじろ見てよ」

「庄太さんはえらいわ。私、庄太さんの歳《とし》にそんなこと考えもしなかった」

「そう誉められると照れるぜ」

しほの視線を外した庄太が言った。

「店が終わったら家に帰りなさいと旦那が言ってくれたんだ。それに丸々明日は休み、明後日のお昼に出てくればいいのさ」

「よかったわねえ」

としほが答えたとき、船着場から鎌倉河岸にぞろぞろと上がってきた若侍の一団がいた。

鎌倉河岸に薄暮《はくぼ》が訪れて、常夜灯の明かりが淡く浮かんでいた。

「姉ちゃん、ようやく来たぜ」

「船で飲み食いしてくると亮吉さんが言ったけど、うちの田楽が食べられるかしら」

「一日何度でも飯が食べられる年頃だよ、心配ないよ」

政次も姿を見せて石畳の鎌倉河岸を突っ切ってきた。

「あっ、ここなれば母上のお供で白酒を買いに来たことがある。子供のときのことです」

「田舎者ゆえこちらには来たことがない。御城近くにこんな河岸があるのか」

と言い合う若侍の一団に、

「斉藤《さいとう》様、ここは千代田の御城が築かれたとき、最初に河岸が設けられ、御城の木材や石垣の巨石を運んで上げたところなんでございますよ。それだけに御城と町家の結び付きがとりわけ深うございましてねえ」

などと政次が説明していた。

「政次さん」

庄太が呼びかけ、政次が手を振った。

「しほちゃん、庄太」

ぞろぞろとやってきた若侍たちを政次が、

「神谷道場のご門弟衆です」

と紹介しかけるのにしほが、

「まずお店にお入りなさい」

と答えた。


「えへんえへん」

と空咳《からぜき》をしながら青江が聞いた。

「政次さん、この見目麗《みめうるわ》しい娘ごはどなたですか」

「おや、青江様、日頃に似合わぬ大胆なご発言ですね」

「船で頂いた酒にまだ酔っております」

「正直ですね。しほちゃんは豊島屋の看板娘です」

そう答える政次の背後に草履《ぞうり》の音が響いて、

「豊島屋だけの看板娘じゃねえぞ、近頃では鎌倉小町と呼ばれているんですぜ」

という亮吉の叫び声がした。

「おや、まあ、亮吉さん、あることないこと持ち上げてもなにも出ませんよ」

「姉ちゃん、いつもはいい加減などぶ鼠ですけど、こいつばかりはほんとのことだよ。鎌倉河岸のしほさんを読売《よみうり》が取り上げるという噂《うわさ》があるんです」

と庄太が言い、亮吉が応じた。

「それ見ねえ、ちぼの言うとおりなんだから」

「ともかくお入りなさいな」

しほに案内されて若侍のご一行が店に入ると、

「ようやくお見えになりましたか。政次さん、小上がりを用意してありますよ」

と清蔵が迎えた。

生月たちは、鎌倉河岸界隈の職人やら駕籠《かご》かき、馬方、船頭、それにお店《たな》の奉公人、さらには屋敷奉公の中間小者《ちゅうげんこもの》たちがわいわいがやがやと酒を飲み、大きな田楽を頬張《ほおば》る光景に圧倒されて黙り込んだ。

「お若いゆえ、かようなところには入ったことはございませんか。なあにお武家様はあまり姿をお見せになりませぬが、うちで体面に関わるようなことは決してさせませんよ」

と大店の主の貫禄《かんろく》を見せて、清蔵が言い切った。

「大旦那、案内してきたのが金座裏の若親分ですよ、だれがそんなところに文句をつけるものですか」

小僧の庄太にそう言われ、

「おお、そうでしたな」

と清蔵が、広々とした土間の一角に切り込まれた小座敷に一行を招き上げた。

「豊島屋の大旦那の清蔵様が申されるようにこちらは金座裏とは親戚付き合いの間柄にございます、生月様、どうか気楽になさって下さいな」

どどこか緊張気味の生月尚吾に政次が話しかけた。

生月の視線はしほに止まったままだ。

「生月様、しほちゃんをどこぞで見かけたことがおありですか」

政次の言葉に我《われ》に返った風の生月が、

「いや、ござらぬ」

と激しく首を振った。

「どうなされました、生月様のお顔が赤いのは私の見違いかな」

青江がからかった。

「青江、確かに鎌倉小町だと感心して見入っていたところだ」

「神谷道場の皆様方は口がお上手ですね」

「いや、しほどの、さようなことはござらぬ。それがし、心に思ったことを正直に申し上げただけだ」

と切り口上で答えた生月に、

「今、名物の酒と田楽でおもてなしさせて頂きます」

としほと庄太は台所へと向かった。

「生月様、しほちゃんは町娘の格好はしてますがねえ、元は皆様と同じお武家の出ですよ」

「うーむ、亮吉どのの説明で納得が参った」

二人の会話に清蔵までが加わった。

「しほの両親は武州川越藩《ぶしゅうかわごえ》にご奉公でしてな、ゆえあって川越を離れられ、諸国を旅された後、この鎌倉河岸裏の長屋に落ち着かれた。しほは早くに亡くなった母親の代わりに、幼いころから父親の食事洗濯の面倒を見てきた感心な子でしてねえ、うちに奉公したいと自ら訪ねてきたんですよ」

一同がなんとなくしんみりと頷き、亮吉が言い添えた。

「しほちゃんはそのときから武家の娘じゃねえ、もう町娘になる、とこの町に溶け込んでいったんでさあ」

「父親が亡くなってどれほどしてかねえ、川越の親戚筋と再会することがありましてねえ、その前後のことだ。川越藩の松平家がお家騒動に巻き込まれたことがあった。しほの両親の出奔《しゅっぽん》もそれに関係していたんですよ。それを金座裏の宗五郎親分が見事に解決なされたとき、殿様の松平直恒《なおつね》様がしほが望むならば母方の三百六十石《こく》を継がせて家名を復興させると申されたそうな。その託《こと》けを親分から聞いたしほちゃんは、もはや私は武家の娘ではございません、鎌倉河岸の裏長屋に住む町娘です、これからもその覚悟で生きていきますと断ったんですよ」

「なんてこった、この世の中に三百六十石をあっさり反古《ほご》にする人間がいるなんて」

青江が驚き、

「そういう娘なんです」

と清蔵が締め括《くく》った。

そこへ味噌の匂いも香ばしい田楽と酒が運ばれてきた。

「本日は町方では藪入りじゃが、われらもなんだか藪入りの恩恵を受けているようだぞ」

「生月様、屋根船での接待に豊島屋の酒と田楽、盆と正月が一緒にきたようだ。もっとも武家の盆正月は窮屈ばかりでこのように楽しくはないがな」

酒が新たに注がれ、田楽を頬張った若侍たちが、

「これは美味《うま》い」

「田楽がこれほど美味とは知らなかった」

と口々に言い合うところへ、船を綱定の船着場に戻した彦四郎が加わってさらに賑《にぎ》やかになった。

なんとも楽しい一刻を過ごした若侍たちが、

「大変ご馳走になりました」

「われら初めての経験にござる」

「時にあるとよいがそううまくはいきませんよね」

などと言いながら立ち上がり、満足げな様子で豊島屋を後にしたのは五つ（午後八時）の刻限だ。

その頃には豊島屋の客も常連だけになっていた。

「庄太、もう店を上がりなさい」

と清蔵がちょっと遅くなった藪入りを庄太に命じた。

「大旦那様、お言葉に甘えて奥で着替えさせて頂きます」

と挨拶した庄太が奉公人の住み暮らす二階へと姿を消した。

しほも帰り仕度を手伝うつもりか一緒に行った。

「ちぼめ、いつの間にやら一端《いっぱし》になりやがったぜ」

「ああっ、独楽鼠よりもしっかりしていることは確かだ」

彦四郎がゆったりとした語調で言い切った。

「ちぇっ、皆はこの亮吉様がいつまでも大人にならねえと思っているな」

「ほう、どぶ鼠は自分でも分かっているようだぜ」

と兄弟駕籠の繁三《しげぞう》がぼそりと呟《つぶや》いた。

「おしゃべり駕籠屋にまで馬鹿にされたぜ。いいかえ繁三、人間年相応に大人になることなんて簡単なんだよ。だが、ここはぐうっと堪《こら》えて純真無垢《むく》な子供心を持ち続ける、ここが肝心なんだ」

「へえっ、驚いたねえ、純真無垢たあ、吉原のすべた女郎《じょろう》を買いに行くことか」

「繁三、しほちゃんの前で言うなよ」

「もうお見通しだと思うがな」

新しいお仕着せの綿入れを着せられ、背には風呂敷包みを斜めに負った庄太が田楽の入った提げ重を持ち、姿を見せた。

次いでしほが、その後に内儀《おかみ》のとせが姿を見せた。

「大旦那様、お内儀様からも大番頭様からもお小遣いを頂きました。これより長屋に戻らせて頂きます」

庄太が改めて挨拶した。

「世間様とは半日ばかり遅い藪入りですがねえ、おっ母《か》さんに甘えておいで」

「はい」

「おい、ちぼ、背中の荷はなんだ」

「弟や妹に上げる土産《みやげ》ですよ」

「なにっ、おめえは弟や妹の土産まで持って藪入りか」

「うちは亮吉さんのところと違い、貧乏人の子沢山ですからね、仕方ありません」

「亮吉さん、庄太さんがどうやって背中の飴《あめ》や干菓子《ひがし》を溜めたか知っているの。自分が貰《もら》ったものを食べたいのを我慢して取っておいたのよ」

しほの説明に亮吉が、

「おめえという奴は」

と言うと涙をぼろぼろと流し、

「ちぼ、おれがそこまで送っていこう」

と言い出した。

それを見た繁三が、

「あれじゃあ、どっちが大人だか子供だか分かりはしねえや」

と呟いた。二人が去ると一陣の風が冷たく豊島屋の中を吹き抜けたようで、だれもが黙り込んだ。

「しほちゃんも上がりなさいよ」

と内儀のとせが命じた。

「有難うございます。本日は金座裏のおみつ様に誘われております、あちらへ参ります」

「ならば田楽を持っていっておくれ」

「とせ、金座裏は若い衆が多いんだ、鍋かなんぞに入れておやり」

清蔵も言い、慌《あわただ》しく味噌出汁《だし》が染みた田楽が鍋に盛られ、政次が提げていくことになった。

「金座裏の若親分に持たせて悪いわね」

「うちに頂いたものだ、なんのことがあるものか」

政次はそう答えると、清蔵に向かって言った。

「亮吉が戻ったら、先に帰っていると伝えて下さい」

「亮吉のことだ。風任せでどこへ飛んでいくか分かりませんよ」

清蔵が答え、繁三が、

「庄太の家に上がり込んでまた酒なんぞを飲んでなきゃあいいがねえ」

と心配した。

「ありえます。ですが、ここで心配してもしょうがない。それより繁三、梅吉《うめきち》、それ以上飲むと明日の商売に差し支えますよ」

と常連の客に神輿《みこし》を上げるように命じた。

政次と彦四郎、それにしほが鎌倉河岸に出ると、煌々《こうこう》とした蒼《あお》い月が石畳を照らし付けていた。さすがに通る人影もない。

「今日は一日じゅう遊んだ、明日から精出して働かなきゃあ」

政次の言葉に、しほが答えた。

「金座裏のおかみさんたら、大きな倅《せがれ》ができたことがうれしく堪《たま》らないのね。ああやって政次さんが家に友達を誘ったことがうれしいのよ」

「そうかな」

「しほちゃんの言うとおりだぜ、政次。金座裏には子供ができなかったからな、おかみさんはやきもきもし、後ろめたい思いもなさっていたろうからな」

彦四郎が言った。

「世間ってのはそんなもんだ」

六尺を超えた船頭が改めて呟いた。

「お休み」

「彦四郎さん、お休みなさい」

龍閑橋の上で三人は二手に別れた。

金座裏ではまだ全員が起きていた。

「親分、おっ義母さん、本日は我儘《わがまま》に通させて頂き、有難うございました」

「どうしたえ、皆、満足して戻ったか」

「窮屈な屋敷住まいでは思いもよらない楽しい一日であったようです」

「そいつはよかった」

「鍋は田楽だねえ。腹っぺらしどもが口を開けて待っている。波太郎《なみたろう》、酒の燗《かん》をつけな」

と伝法なおみつの命が飛び、しほも慌てて台所に走った。

「藪入りにございましたがなんぞ出来《しゅったい》しましたか」

政次はそのことを気にした。

「小さな騒ぎはあったがよ、穏便《おんびん》な藪入りでほっとしているところだ」

「よかった」

政次もほっと安堵《あんど》の言葉を洩らした。

「そっちはなんぞないかえ」

宗五郎が煙管《キセル》に刻みを詰めながら聞いた。

「それが渡辺様の一件で分かったことがございます」

政次は、青江司に聞かされた話を宗五郎に告げた。

「鱸釣りに夢中になって女房を賭けたなんぞはおれも初めて聞いた」

「呆れた話だねえ」

と金座裏の番頭格の八百亀《やおかめ》が相槌《あいづち》を打った。

「自業自得《じごうじとく》と言いたいが、因幡国鳥取新田藩《いなばしんでんはん》の博奕《ばくち》騒ぎが江戸で繰り返されるのはまずいな」

「渡辺堅三郎様はどうするかねえ、親分」

「腕が立つというだけに高輪大木戸で刀なんぞを振り回されたら剣呑《けんのん》な上に厄介《やっかい》なことになるぜ」

「どうしたものかねえ」

武家方の話だ、本来町方が首を突っ込む話ではない。

「政次、数日とはいえ神谷道場で同門の仲だ。渡辺様がこれ以上、身を持ち崩すのをなんとか工夫して止めねえな」

「はい」

と畏《かしこ》まる政次に八百亀が、

「若親分、女房とはいえ女だ。女に狂った男はなにをやらかすか分かりませんや。十分に気をつけて下せえよ」

と忠告した。

三

五街道の一、東海道の最初の幕府の詰め所が高輪に設けられていた。

高輪大木戸と呼ばれるもので、いわば江戸府内と在の境と言えた。石垣が鉤《かぎ》の手に造られて番屋に役人が詰め、江戸へ出入りする人や物産にも睨《にら》みを利《き》かしていた。

だが、江戸の人間の大木戸意識は旅をする友を送迎する土地であり、送りに来た人は七軒茶屋に上がって名残《なご》りの酒を酌《く》み交わす海浜だった。

「七軒と云辺は酒旗肉肆海亭をもうけたれば……」

と古書に描かれた七軒に政次と亮吉は立っていた。

五つ半（午前九時）だが、七軒茶屋はすでに店を開けていた。なにしろ江戸の旅は、

「お江戸日本橋七つ（午前四時）発《だ》ち」

が当たり前、高輪大木戸に掛かるのは七つ半時分、冬や初春の刻限ではまだ暗かった。

一献《いっこん》傾け終えた旅人も見送りの人も大半はすでに茶屋を辞去していた。が、中には名残りが尽きないか、七軒茶屋の二階座敷から勤番者と思える侍たちの酔った声が聞こえてきた。

「若親分よ、青江様やおれが渡辺さんに会った刻限は昼下がりだぜ。朝っぱらから来はしめえ」

潮騒《しおさい》が二人の耳に聞こえていた。

「渡辺様は懐にあまり金子《きんす》を持っておられなかったしな。この近くでなんぞ働いておられると思うのだが」

と答えた政次は、

「そうだな」

「田舎侍が働ける場所はそうはないな。だがよ、渡辺さんには剣術の腕《やっとう》があるんだ。どこか渡世人の一家に用心棒に雇われるか、思いつくのはそんなとこだな」

「なんにしても一日この辺りをうろついているわけではないようだ。三田本芝町の江戸藩邸に勤務する物詰丹後が屋敷を出る頃合とするとお昼前後かな」

「渡辺様もそのことは承知だ。とすると今頃どこぞで身過ぎ世過ぎに精を出しておられるぜ」

「ということだな」

政次と亮吉はしばし思案し、

「寧々様捜しか」

「寺参りをするか」

と言い合った。だが、高輪から品川にかけては名代の寺町が広がり、当てもなく捜すわけにもいかなかった。

「高輪の歳三《としぞう》親分の知恵を借りようか」

「まずそれが無難だな」

二人は大木戸を潜り戻り、芝伊皿子町《しばいさらごまち》の階段を山際に上がっていった。町の名が伊皿子台町と変わり、丁《てい》の字の辻を右に曲がると、この界隈の寺町を中心に東海道筋まで縄張りにする老練な歳三親分が一家を構えていた。

一家の前には紺地の日除《ひよ》けが斜めにかかり、陽《ひ》が当たっていた。

「御免《ごめん》なすって」

政次が羽織の裾《すそ》をぱあっと切って敷居を跨《また》ぐと若い衆が玄関の上がり框《かまち》に立っていた。

「歳三親分はおられましょうか。私は金座裏の政次と申す駆け出しにございます」

「ちょいとお待ちを」

と若い衆が奥へ引っ込もうとする背に、

「おまえさんが金座裏の後継かえ、挨拶状は宗五郎親分からもらったぜ。さすがに金座裏が見込んだ若い衆だ。独楽鼠と比べてもだいぶ貫禄が違わあ」

と当の歳三が姿を見せた。

どてらを着て髷《まげ》も無精髭《ぶしょうひげ》も真っ白な様子はまるで好々爺《こうこうや》の隠居だ。

「ちぇっ、久しぶりに会ったんだ、世辞は言わねえまでも、その言い草はあるめえ、親分」

と亮吉が拗《す》ねた。

「おや、亮吉さん、そこにいなさったか」

「ますますいけねえや」

「政次さん、まあ上がりなせえ」

「親分さん、御用ではございません、野暮《やぼ》用なんです。ちょいと親分のお知恵を借りるだけです、玄関先で御免蒙《こうむ》ります」

「なんだい、冷たいね。高輪の渋茶を啜《すす》るのも話の種だぜ」

と言いながら、歳三が、
どっこいしょ
と上がり框に腰を下ろした。

「この界隈で女を離れに住まわせているような寺はございませんか。女は武家のご新造《しんぞ》なんですがねえ」

「なんだ、色事の縺《もつ》れか」

「まあ、そんなとこです」

「金座裏も手広いな」

と歳三が感心した。

「寺に武家であれ町方の人間であれ、住まわせるような寺はまず破戒坊主が和尚《おしょう》の寺と相場が決まってますよ。となると白金村《しろかねむら》の立春寺、高輪台町の保全院、この通りの杏林寺かねえ」

とすらすらと名を挙げた歳三は、

「寛三郎《かんざぶろう》、おめえが案内しねえ。寺は町方の出入りに小うるさいからね、土地の者のほうが手っ取り早いや」

　と玄関先にいた若い衆を道案内に付けてくれた。

「歳三親分、助かります」

「金座裏の親分によろしくな。おれが冥土《めいど》に行く前にもう一度くらいお目にかかりたいと言っていたと託けしてくんな」

「承知しました。ですが、親分さん、いつまでも壮健でいて下さいまし」

「ああ、精々頑張ろうか」

　寛三郎はまず杏林寺に案内するという。

「若親分、そのご新造はいわくがございますんで」

　寛三郎が興味を持った様子で聞いた。

「さる藩の家臣の女房だった女ですがねえ、同じ藩の家臣が勤番になったのを追って江戸に出てきたのです」

　と政次は曖昧《あいまい》に説明した。

「ほう、なかなかやりますね、その女。かなりの好きものだ」

「さて、どうでしょう。私どもは見たこともないんですから」

「名くらい分かってましょうな。名前はなんというのです」

「渡辺寧々、ひょっとしたら物詰寧々と名乗っているかもしれません」

　三人はいつしか杏林寺の門前に辿《たど》り着いていた。

離れに人を住まわせていくらかでも稼ごうというのだ、山門も手入れが為《な》されず、屋根も扉も壊れかけていた。

「わっしが庫裏《くり》で聞いてきてようござんすか。なあによしんば嘘《うそ》をついたって、離れにだれが住んでいるかどうかくらい、すぐに察しがつきます」

「お願いします」

政次と亮吉はぽかぽかした陽が射す山門前で遠くに光る品川の海を眺めながら寛三郎が出てくるのを待った。

しばらくして寛三郎の足音が響いてきて、

「駄目だ駄目だ、女が住むような離れじゃございませんや。狐狸妖怪《こりようかい》でさえびっくりして逃げ出しますさあ」

と言うと、次は保全院だと歩き出した。

寛三郎に案内されて三軒の寺を回ったが、どこも寧々が暮らしているような気配はなかった。

「寛三郎さん、おまえさんの知恵はねえかえ」

と亮吉が聞いた。

「ちょいと遠いが今里村の忍兼院かねえ、尼寺だが庵主さんが金に詰まっていると聞いたから、女なら住まわせるかもしれねえぜ。もっとも男が通ってくるとなると駄目かな」

寛三郎は首を傾《かし》げた。

「寛三郎さん、世話になった。私たちは昼には一旦大木戸に戻らねばならないんだ」

「金座裏界隈に用があるときはよ、顔を出してくんな。一杯飲もうぜ」

政次と亮吉はそれぞれ寛三郎に礼を述べて、高輪の高台から海辺へと再び下った。

もはや昼の刻限近くになっていた。

「若親分、どうする」

「亮吉、腹が空《す》いたか」

「ああっ、最前《さいぜん》から北山《きたやま》だ」

「どこかで蕎麦《そば》など手繰《たぐ》ろうか」

「ならば海を見ながら食えるとこがいいな」

「そんな蕎麦屋があるかねえ」

「大木戸だぜ、一軒や二軒あったって不思議はねえや」

二人は伊皿子坂を下りて、東海道を突っ切り、芝車町《しばくるまちょう》の薄い町並みの間に抜けた路地を通って品川の浜に出た。

芝金杉裏から大井村辺りまで弧状に浜が広がっていた。

「気持ちがいいぜ」

新春の陽光に独楽鼠の亮吉が大手を広げて、海に向かって深呼吸をした。と、その動きがふいに止まり、

「若親分よ、あの侍、渡辺堅三郎の旦那じゃないかい」

と顎《あご》で指した。

見ると、浜でせっせと独り網を干す武士がいた。

脇差一本だけを手挟《たばさ》み、袴は絡《から》げて裸足《はだし》だった。

「渡辺様だ」

「呆れたねえ」

二人が走り寄ると渡辺が顔を巡《めぐ》らし、口を開いた。

「おや、若親分に亮吉どの、この界隈に御用かな」

「御用かじゃねえや。おまえさんを案じて高輪くんだりまで押し出してきたんだぜ」

「なにっ、それがしを案じてとな。ははあっ、青江どのが話したか」

「おう、それよ」

「参ったな」

いつまでも際限なさそうな二人の会話を制して、

「渡辺様、昼時ですが、どこかで昼餉《ひるげ》でも食しながら話せますか」

と政次が割り込んだ。

「いいとも、この網を干せば今日の仕事は終わりでな」

と干しかけの網を物干場の竹棒へと広げていった。

亮吉が手伝いながら聞いた。

「塒《ねぐら》はどこなんです」

「住まいか。あの網小屋を暫時《ざんじ》貸して頂いておる」

と浜の南側に立つ何軒かの網小屋を指した。

大木戸に集う馬方たちが行くという一膳飯屋で三人は鰺《あじ》の干物と味噌汁を頼み、対面した。

周りでは馬方たちが丼飯を凄《すご》い勢いで掻き込んでいた。

「渡辺様が青江様に話された一件、真実にございますか」

「鱸釣りに熱中のあまり自分の女房を賭けにした話か。すべて真だ。なんとも馬鹿げた真似《まね》をしたものだ。政次どの、笑って下され」

渡辺は自嘲《じちょう》した。

「寧々様とは江戸にてお会いなされましたか」

いや、それが……と言葉を切った渡辺は言い足した。

「どの面《つら》下げて相見《あいまみ》えようと考えたりして迷っておるのだ」

「賭けは不正だったのでございましょう」

「それは後で知ったことでな」

と答えた渡辺は続けて言った。

「それがしが賭けに負けて、そなたを上司の物詰丹後様に譲ることになったと告げたときの、寧々のなんとも哀《かな》しげで蔑《さげす》みに満ちた眼差《まなざ》しが脳裏に張り付いていてな、今も夢に出る」

「渡辺様、どうなさるおつもりです」

「そりゃあ、寧々様を取り戻しに来られたのだろうが」

政次の問いに亮吉が答えていた。

「それが分からん」

「渡辺様、しっかりしてくれよ。分からんってどういうこったい」

亮吉が苛立《いらだ》った。

「自分の女房を騙《だま》し取られたんだぞ。奪い返すのが男の面子《メンツ》というもんじゃねえか」

渡辺が悲しげな顔をした後、言った。

「鳥取新田藩を出るときはそう思っておった。だがな、江戸に出てみると寧々があまりにも遠くに行ったように思えてな、なんだか自分が情けなくなった。それで会う勇気も湧いてこんのだ」

「すると、物詰が寧々様の許に通うのをじっと指をくわえて見ているだけかえ。なんぞ他にわけでもあるのか」

亮吉だけいらついていた。

「亮吉、声が高い」

政次が注意した。馬方が飯を食う一膳飯屋で二人の町人が一人の武士を難詰《なんきつ》しているような格好だ。

お膳が運ばれてきた。

「まず食べようか」

政次の言葉に三人は黙々と箸《はし》を動かし続け、ぼそぼそとした味気のない昼餉が終わった。

「亮吉どの、そうではない。だが、女が分からぬのだ」

ふいに渡辺がさっきの会話の答えをなし、それになにか言いかける亮吉を政次が制した。

「藩の重臣方に鱸釣りに夢中になり女房を賭けてまで勝負致すとは武士に有るまじき行い、渡辺の禄米《ろくまい》取り上げ、物詰は謹慎の上、改めて沙汰《さた》を致すとの宣告を受けましてねえ」

「そりゃあ、一方的でございますね」

「政次どの、なにしろうちは三十俵扶持《ぶち》の下級じゃあ。物詰家は二百七十石ですからな、縁戚には重臣もおられます。最初から話にならんのです」

「なんだえ、茶番の裁きか」

「亮吉どの、世間というものは得てしてそういうものじゃ。ただ、それでも重臣方は、渡辺堅三郎に寧々を差し戻すことを命じられたのです」

「寧々様は渡辺さんの許へ一旦は戻ってこられたんですね」

「政次さん、物詰家からそれがしのところに顔は見せた。だが、それはそれがしと復縁するためではなく、永《なが》の別れを告げるためであった」

「なんてこった」

亮吉が呟いた。

「われらは小さな城下で別々に暮らしていくことになった。それがしは百姓や漁師の手伝いをしながら生きていた。寧々の実家は裕福でな、仕送りがあったかもしれん。半年も過ぎた頃、鱸釣りの立会人の一人がそれがしのところに来て、物詰どのが常々寧々に懸想《けそう》していて、賭けを仕掛けたことを告白した。だが、そのときすでに物詰どのは江戸勤番として城下を離れておられた」

「寧々様が江戸に向かわれたのを知られたのはいつのことなんです」

政次が聞いた。

「不正の話を聞いた直後のことだ。寧々が住まいしていた百姓家を訪ねて、二月《ふたつき》も前に江戸に出ると言い残して去ったことを知らされた」

「それで渡辺様も江戸に行こうと決心されたのですね」

「無性に寂《さび》しくてな」

と渡辺は呟いた。

「そなた方には分かるまいが日本海の冬は暗くて厳しい、鳥取新田も小さな城下だ。それも相まって寧々の暮らす江戸に行きたかったのだ。ただそれだけを考えておった」

「分からねえ」

と亮吉が叫んだ。

「亮吉、飯代を払ってこい。場所を変えよう」

政次は財布を渡した。

三人は再び浜に出た。

「渡辺様、寧々様に会って正直な気持ちを吐露なされませぬか。その後のことはそれから決めなされればいいことだ」

渡辺は黙っていた。その衣服からこびりついた魚臭が漂った。

「どうしたものか」

「決心がつきませぬか。渡辺様の剣と一緒で、正面からぶち当たることです」

政次は紙包みを懐から出した。

「ここに十両ございます。まず湯に行って髪結《かみゆ》い床に回られ、衣服を購《あがな》って、寧々様にお会いなさいまし」

政次が松坂屋で何年も働いて貯めた金子だ。

渡辺堅三郎と寧々の夫婦は虚心に話し合うことが大事だと政次は考えたのだ。渡辺が気《き》後《おく》れしない身なりが要《い》った。そのために使われる十両ならば惜しくはなかった。

「政次どの、そなたからかような大金を頂く謂《いわ》れはない」

「神谷道場の同じ門弟、年は若いが私が兄弟子ですよ。兄弟子の言うことは黙って聞くのが弟の礼儀というものです」

「すまぬ、政次どの」

渡辺の両手に包みを握らせた政次は、

「寧々様とやり直しなされ。武士の面子など捨ててお願いなされ。寧々様も待っておられますよ」

と最後の忠告を試みた。

渡辺堅三郎は黙って頭を下げた。

政次の報告を聞いた宗五郎はただ、

「うまくいくといいがな」

と呟いた。

四

正月も二十日を過ぎて江戸の町を寒気が見舞った。夜に入ってちらちらと雪が降り出し、風も混じって金座裏の庭木を真っ白に染めていった。

「なんぞ起こらねばいいがな」

宗五郎がおみつにぽつんと言った。

政次や住み込みの手先たちは豊島屋に行っていた。

金座裏には宗五郎とおみつだけが残っていた。

「火事が一番怖《こわ》いねえ」

おみつが呟き、続けた。

「独楽鼠に聞いたが、政次は渡辺様にこれでやり直せと十両という大金を与えたというじゃないか。おまえさん、よく気がつかれたねえ」

宗五郎が顔を上げて長年連れ添った女房を見た。

「おみつ、おまえが気を利かせたのではないのかえ」

「いえ、私はなにも」

「これは驚いた」

と宗五郎が答え、

「迂闊《うかつ》だったな。どうやら政次め、先立つものは金子、と松坂屋で稼ぎ貯めた十両を渡辺堅三郎に与えたらしいや」

「呆れたねえ、うちの倅どのは小僧時代から汗水垂らして貯めた金子を昵懇《じっこん》ともいえない渡辺様にあっさり投げ出されたよ。若い頃のおまえさんと似てないかえ」

と苦笑いしたおみつが、言った。

「明日にも十両を返しておこうか」

「それでは政次の男気が台なしだ。当分知らん振りをしていることだ」

「そうだねえ」

格子戸《こうしど》が引き開けられる音がして、政次や常丸たちが戻ってきた。

「親分、御城の櫓《やぐら》が雪に染まって美しいぜ」

亮吉が肩にも髷《まげ》にも白いものを乗せて姿を見せた。

「独楽鼠、夜半に降る雪はいいが、てめえの頭の雪くらい外で振るい落としてこい」

宗五郎に怒られた亮吉が台所に走っていった。

「おや、しほちゃんも一緒かえ」

政次の後ろから入ってきたしほにおみつが呼びかけた。

「皆さんに誘われ、厚かましくもお邪魔しました」

「ここはおまえさんの家のようなものだ。なんの遠慮がいるものか」

とおみつが立ち上がった。

「もう酒は十分だろう。昼間、巴屋《ともえや》の豆大福を貰ったのを忘れていたよ。新しいお茶を淹《い》れようかねえ」

と台所に行くおみつにしほも従った。

「親分、こんな夜はなんぞ必ず起きるぜ。押し込みなんぞが出なきゃあいいがねえ」

「常丸、今もおみつと話していたところさ」

と応じた宗五郎が、政次に聞いた。

「政次、清蔵旦那から白酒売り出しの話があったか」

「近々大旦那と倅の周左衛門《しゅうざえもん》さんが金座裏に顔を出して直《じか》にお願い申されるそうです」

「毎年のことだ、そう律儀《りちぎ》にされてもとおめえらに聞きに行かせたが、やはり例年どおりに羽織袴で挨拶に見えるか」

豊島屋の白酒売り出しは江戸の名物だ。府内は言うに及ばず近郷近在から大勢の客が馬を引いたり、舟を鎌倉河岸に横付けしたりと詰めかけ、終日大混雑するので奉行所や宗五郎らが警戒に当たり、豊島屋では医師を待機させて気分の悪くなった人の治療に当たった。

それほどの騒ぎになるほど豊島屋の白酒は名物だったのだ。

それを前に打ち合わせと称して、豊島屋では南北両奉行所と江戸開闢《かいびゃく》以来の御用聞き、金座裏には挨拶を欠かさないのがしきたりだった。

「それならそれで仕方がねえ」

熱いお茶が入り、豆大福で一頻《ひとしき》り亮吉の埒《らち》もないお喋《しゃべ》りを聞くことになった。

外では霏々《ひひ》とした雪が降り続いていた。

「見てこよう」

と波太郎《なみたろう》が縁側の雨戸を押し開き、庭を見ていたが、

「おかみさん、松の枝が折れそうに垂れているぜ。もう四、五寸は積もっているな。さっきはこんなでもなかったのにさ」

と首を竦《すく》めた。

「波太郎、さっさと締めねえか。中の暖気が逃げるぜ」

と亮吉に叱られた波太郎の手には白い雪が積もっていた。

「家の中で見る雪はなんとなく愛らしいな」

「亮吉兄さんもそう思いますか」

亮吉と波太郎が言い合い、部屋の温気に溶ける手のひらの雪を見詰めていた。

「こいつら、大人なんだか子供なんだか……」

宗五郎が呆れ、おみつが、

「亮吉、雪を見たきゃあ、二階の窓から一晩じゅう顔を突き出してな」

と手先たちを二階に追いやった。

階下には宗五郎、おみつ、政次としほの四人が残った。

「おっ義母さん、しほちゃんは久保田《くぼた》家の法事に招かれているそうで、豊島屋さんの白酒売りが済んだら川越に行くそうです」

久保田家とは、しほの母親久保田早希《さき》の実家だ。

「ついでだ、お父つあん、おっ母さんの墓参りをしてくるといいね」

おみつはさらになにかを言いかけ、宗五郎の顔を見て、思い止《とど》まった。その代わり宗五郎が口を開いた。

「おみつ、歳《とし》を取るとせっかちになっていけねえな」

「それとさ、長年連れ添った相手がなにを考えているか以心伝心《いしんでんしん》で分かるものだねえ」

政次としほは二人の交わす会話を不思議そうに見た。

「おかみさんがお考えになっていることを親分は分かると仰《おつしや》られますので」

しほが訊《き》く。

「ああ、分かる。御用聞きの勘じゃあねえ、夫婦の勘だ」

「なにを考えておいでたか、お二人は」

「しほが水を向けてくれたから、ちょうどいい機会だ。二人に聞いておこうか」

「なんでしょう」

しほが政次を見た。

政次は黙っていたが宗五郎の問いが分かっていた。

「しほ、政次の嫁になる気はねえか。いやさ、そのことを二人して話し合ったか」

しほの顔が赤らみ、また政次を見た。

政次が今度はしほに頷き返した。

「先日、びらびら簪《かんざし》を頂いたときに政次さんから」

「ほう、政次が願ったか。しほはどう思うな」

しほはしばらく言葉を思い悩むように沈思して、

「私のような者にこんな幸せがあってよいのでしょうか」

と呟いた。

今度は宗五郎とおみつが頷き合い、

「年寄りが性急になるというのはこのことよ。さっき、政次にしほの川越行きの話を聞かされたとき、おみつもおれもいい機会と思ったのさ」

「しほちゃんのお父つあんもおっ母さんももはやこの世の人ではない。親戚筋は川越におられる。久保田様の法事に招かれたのならさ、ちょうどいい折だ。しほのことを久保田家や園村《そのむら》様方にお断りできないかと考えたのさ」

とそれぞれの胸の内を明かした。

「政次の気持ちはどうなんだえ」

おみつが聞き、しほが政次を注視した。

「しほちゃんさえよければ、川越にお許しを願うよい折かと先ほどから同じことを考えておりました」

「よし、これで決まった」

「おまえさんが行くかえ」

宗五郎におみつが聞いた。

「まず豊島屋の大旦那、松坂屋の隠居、政次の親父どのとお袋様にお断りするのが先だ。本来なれば仲人《なこうど》を立てることだろうが、相手は親類だ。どうしたものかねえ」

「それも年寄りの知恵を借りたらどうだえ」

「そうするか」

宗五郎が清蔵や松六に相談することになった。

しほは胸の中が、
きゅん
と熱くなるのを感じていた。

そのとき、激しく格子戸が叩かれた。

政次が立ち上がり、玄関に走った。

こんな雪の夜に格子戸が叩かれるのは大事件しかない。

「お待ちなすって」

菅笠《すげがさ》も蓑《みの》も雪を被って真っ白な男が足踏みしていた。

格子戸を開くと、

「ふーう」

と息を吐《つ》いた相手が、

「政次さん、高輪の歳三の手先、寛三郎だ」

と言った。

政次は菅笠の下の頰被りをした顔を覗き、

「おっ、寛三郎さん」

と呼びかけ、

「雪の中、ご苦労でした。宗五郎も起きております、まずは家に上がって下さい」

と外玄関から内玄関へと案内し、広い土間で菅笠と蓑を脱がせた。

「あれっ、寛三郎の兄いじゃねえか」

亮吉たちも再び階下に降りてきていた。

おみつの命《めい》で湯が張られた濯《そそ》ぎ水の桶が波太郎によって運ばれ、手足を浸《ひた》した寛三郎が、

「お蔭さまで生き返りましたぜ、姐《あね》さん」

と礼を述べた。

居間に通された寛三郎を宗五郎が、

「高輪から駆けつけなさったか、ご苦労でしたねえ」

と労《ねぎら》い、おみつが、

「慌ててつけた燗だが寒さにはなによりだ、一杯きゅうっとやってねえ、内から温まっておくれな。話はそれからだ」

「有難うござんす」

寛三郎が茶碗を押し頂き、一口二口飲んで、

「親分、政次さん、品川の曖昧宿《あいまいやど》に遊びに行って馴染みの女郎に聞き込んだ話だ。金座裏のお歴々が耳を澄まされているのは恥ずかしいが成り行きだ、承知して下さい」

「寛三郎さん、渡辺堅三郎様の一件ですね」

政次が問うと、寛三郎は頷き、

「本未明、八《や》つ山《やま》で女を巡って侍が斬り合いをするというのでさあ。女郎に問い質《ただ》すと朋《ほう》輩《ばい》の客が助っ人に雇われた浪人者だそうで、雇い主は鳥取新田藩の勤番だということが分かりました。本家の鳥取藩なら家臣も多かろうが三万石の分家じゃあ、そうそう女を巡って斬り合いをする家来もいますまい、ともかく金座裏にご注進と品川の女郎屋から駆けつけたんで」

と一気に喋って、ほっと溜息を吐《つ》いた。

「政次の気持ちも伝わらなかったか」

宗五郎が言い、

「寛三郎さん、有難うよ」

と礼を述べた。

「親分、品川八つ山まで出張《でば》るかえ」

と亮吉が立ちかけた。

「こいつは御用じゃねえや。鳥取新田藩の体面もある、おれと政次が行く。亮吉、立ったついでだ、綱定に走り、彦四郎に品川宿まで屋根船を出してくれと頼んでくれ」

「合点《がってん》だ」

答えたときには亮吉は玄関へと飛び出していた。

「寛三郎さん、帰りは船だ。付き合ってくんな」

「金座裏の親分のお供で、光栄にござんす」

と寛三郎が残った茶碗の酒を飲み干した。


彦四郎ともう一人の船頭の二丁櫓にした屋根船は雪風に抗して進んだ。だが、大川から江戸湾に出ると風向きが北から東へさらには南から巻くように吹き付けて、さすがの大力の彦四郎らの船も船足が上がらなかった。

それでも七、八寸は積もった雪道を行くよりずっと速い、なにより宗五郎と政次らは楽して行くことができた。

薄く障子戸を開いた寛三郎が、

「親分、政次さん、佃島《つくだじま》の渡しを過ぎたぜ」

とか、

「大木戸が見えたぜ。もう少しだ」

と報告してくれた。

宗五郎と政次はその度に頷くが無言のままだ。

「よし、八つ山が見えたぞ」

と寛三郎が声を上げ、その直後に北品川宿集船場に屋根船が接岸した。

刻限は船の仕度と道中に時間が掛かったために、七つ（午前四時）前か。

「彦四郎、ご苦労だったな」

宗五郎と政次は寛三郎に案内されて、東海道を横切った。

八つ山は里言葉だ。八岬《やつやま》とも八屋敷とも谷山村の一部ゆえ里で八つ山と呼び習わされたとも諸説あった。

大日堂大日如来石像がある小さな八つ山は真っ白な雪に覆われていた。

「八つ山としか聞いてねえんで」

と少し不安になった寛三郎が言い訳したとき、雪風を突いて、

「物詰丹後様、女房寧々を騙し取られた経緯、今さらうんぬんは致しませぬ。そなた様が、寧々を取り返したくば腕で来いと申されるゆえ、立ち合い致す！」

渡辺堅三郎の声が風に乗って聞こえてきた。

政次は雪山を走り登った。すると八つ山の台ヶ原がなだらかに広がり、遠く雪を被った

大日如来石像の御堂の前に女が佇《たたず》んで、渡辺堅三郎が四人と相対するのを見ていた。

「渡辺、江戸まで付きまとうとは五月の蝿のように煩《わずらわし》きものよ。寧々もそなたがうろついては落ち着かぬと言うでな、決着を付ける」

政次は寧々を見ながらゆっくりと歩いていった。

未明の雪明かりに楚々《そそ》とした女が立っていた。薄幸そうな顔立ちながら、男を溺《おぼ》れさす美形といえた。寧々がどのような気持ちで男たちの対決を見ているのか、政次には察しが付かなかった。

物詰が三人の剣術家に顎で合図を送った。

「物詰様、そなたは天心一刀流《てんしんいっとう》の達人と日頃自慢の腕前にございましたな。わざわざ助勢を頼まれましたか」

「おぬしの腕を恐れたわけではないが勤番者が怪我《けが》でもしたら奉公に差し支える。悪く思うな」

三人が抜刀した。

雪の台ヶ原に三人が足場を固めて散った。

「助勢の剣術家にもの申します。そなた方の相手は金座裏の政次にございます」

渡辺が振り返り、物詰が叫んでいた。

「何奴《なにやつ》か」

「渡辺様の兄弟子でございましてね」

政次が銀のなえしを腰から抜くと渡辺に肩を並べるように立った。

「政次どの」

「渡辺様は物詰様と尋常《じんじょう》な勝負を存分になされませ」

「承知した」

渡辺の声が弾んだ。

「ご両者、立ち合いの検分は金座裏の宗五郎が務めさせて頂きやしょう」

宗五郎が寧々とは向かい合う場所に立ち、宣告した。

三人の剣術家たちが政次に向きを変えた。

渡辺が物詰に向かって間合いを詰めた。

それを確かめた政次の手の銀のなえしが雪風を裂いて、ぐるぐると頭上で回転を始めていた。だが、その円はさほど大きなものではなかった。

三人の雇われ剣術家たちは不思議な得物《えもの》に戸惑い、互いが躊躇《ちゅうちょ》し合った。

その隙を突いて、銀なえしの回転が直線へと変じ、左端に立つ剣術家の顎を襲うと、
がつん
という打撃の音を響かせ、骨を砕いていた。

次の瞬間には銀のなえしが政次の手に戻り、戻った途端、右端の剣術家に向かって間合いを詰めていた。

相手が正眼の剣でなえしに擦《す》り合わせようとした。だが、政次はそれを避けて、相手の

剣の棟を、
　ぱあん
　と弾いていた。

存分に踏み込んだ政次の八角は剣を二つにへし折り、さらに肩口へと叩き込まれていた。

相手がずるずると雪の台ヶ原へ崩れ込んだ。

政次は止まることなく残る一人から間合いをあけ、くるりと反転した。

「これで一対一でござんすねえ」

政次の一睨《ひとにら》みに相手の腰が引け、ずずずっと後退《あとじさ》りすると戦いの場から逃げ出した。政次は渡辺堅三郎と物詰丹後の対決に視線を向けた。

その瞬間、睨み合いから突進へと移り、雪を蹴った互いが正眼と八双《はっそう》の剣を相手の肩口と眉間《みけん》に落とし合った。

寧々が小さな叫びを上げた。

寒さの中での戦いだ。

二人は一見緩慢《かんまん》とも見える一撃にすべてを託した。

雪道が二人の生死を分けた。

身過ぎ世過ぎに砂浜で裸足の網干しに勤《いそ》しんできた渡辺堅三郎の踏み込みが僅《わず》かに勝り、物詰の肩口をしっかりと捉えて、袈裟《けさ》に斬り下ろした。

うっ

と一瞬立ち竦《すく》んだ物詰の体が横倒しに雪の原へと倒れ、真っ赤な血で染めた。

「見事にございました」

宗五郎の言葉に、呆然としていた渡辺が我《われ》に返ったようで、

「金座裏の親分、政次どの、これにて武士の面目をなんとか保てました」

深々と頭を下げると、

「御免《ごめん》」

と言い残し、八つ山台ヶ原から蹌踉《そうろう》と北品川宿へと下っていった。

寧々はその様子を無言で見送っていた。

「寧々様、追っかけて行きなせえ。互いにやり直しが利く歳でさあ、後で後悔するより今動くときですぜ」

最初、宗五郎の言葉に身動き一つしなかった寧々が、

「堅三郎様、お許し下さい！」

と血反吐《ちへど》を吐くような絶叫を張り上げた後、御堂から雪の原へと飛び下りて走り出した。

宗五郎と政次は揺れ動いた女の性《さが》を黙然《もくねん》と眺めていた。

本書はハルキ文庫の書き下ろし作品です。

時代小説文庫
さ 8-13

銀《ぎん》のなえし 鎌倉河岸捕物控《かまくらがしとりものひかえ》

著者 佐伯泰英《さえきやすひで》
2005年 3 月18日第一刷発行
2006年12月18日第八刷発行

発行者 大杉明彦

発行所 株式会社 角川春樹事務所
〒101-0051 東京都千代田区神田神保町3-27 二葉第1ビル

電話 03(3263)5247［編集］ 03(3263)5881［営業］

印刷・製本 中央精版印刷株式会社

フォーマット・デザイン＆シンボルマーク 芦澤泰偉

ISBN4-7584-3161-2 C0193
http://www.kadokawaharuki.co.jp/［営業］
fanmail@kadokawaharuki.co.jp［編集］ ご意見・ご感想をお寄せください。

時代小説文庫

佐伯泰英
橘花《きっか》の仇
鎌倉河岸捕物控

書き下ろし

江戸鎌倉河岸にある酒問屋の看板娘・しほ。ある日武州浪人であり唯一の肉親である父が斬殺されるという事件が起きる。相手の御家人は特にお構いなしとなった上、事件の原因となった橘の鉢を売り物に商売を始めると聞いたしほの胸に無念の炎が宿るのだった……。しほを慕う政次、亮吉、彦四郎や、金座裏の岡っ引き宗五郎親分との人情味あふれる交流を通じて、江戸の町に繰り広げられる事件の数々を描く連作時代長篇。

佐伯泰英
政次、奔《はし》る
鎌倉河岸捕物控

書き下ろし

江戸松坂屋の隠居松六《しょうろく》は、手代政次を従えた年始回りの帰途、剣客に襲われる。襲撃時、松六が漏らした「あの日から十四年……亡霊が未《いま》だ現われる」という言葉に、かつて幕閣を揺るがせた若年寄田沼《たぬま》意知《おきとも》暗殺事件の影を見た金座裏の宗五郎《そうごろう》親分は、現在と過去を結ぶ謎の解明に乗り出した。一方、負傷した松六への責任を感じた政次も、ひとり行動を開始するのだが――。鎌倉河岸を舞台とした事件の数々を通じて描く、好評シリーズ第二弾。

佐伯泰英

御金座破り 鎌倉河岸捕物控

書き下ろし

戸田川の渡しで金座の手代・助蔵の斬殺死体が見つかった。小判改鋳に伴う任務に極秘裏に携わっていた助蔵の死によって、新小判の意匠が何者かの手に渡れば、江戸幕府の貨幣制度に危機が——。金座長官・後藤庄三郎から命を受け、捜査に乗り出した金座裏の宗五郎……。鎌倉河岸に繰り広げられる事件の数々と人情模様を描く、好評シリーズ第三弾。

佐伯泰英

暴れ彦四郎 鎌倉河岸捕物控

書き下ろし

亡き両親の故郷である川越に出立することになった豊島屋の看板娘しほ。彼女が乗る船まで見送りに向かった政次、亮吉、彦四郎の三人だったが、その船上には彦四郎を目にして驚きの色を見せる老人の姿があった。やがて彦四郎は謎の刺客集団に襲われることになるのだが……。金座裏の宗五郎親分やその手先たちとともに、彦四郎が自ら事件の探索に乗り出す！　鎌倉河岸捕物控シリーズ第四弾。

時代小説文庫

佐伯泰英
古町《こまち》殺し
鎌倉河岸捕物控

書き下ろし

徳川家康・秀忠に付き従って江戸に移住してきた開幕以来の江戸町民、いわゆる古町町人が、幕府より招かれる「御能拝見」を前にして立て続けに殺された。自らも古町町人である金座裏の宗五郎をも襲う刺客の影！　将軍家御目見得格の彼らばかりが狙われるのは一体なぜなのか？　将軍家斉も臨席する御能拝見に合わせるかのごとき不穏な企みが見え隠れするのだが……。鎌倉河岸捕物控シリーズ第五弾。

佐伯泰英
引札屋おもん
鎌倉河岸捕物控

書き下ろし

「山なれば富士、白酒なれば豊島屋」とうたわれる江戸の老舗酒問屋の主・清蔵。店の宣伝に使う引札を新たにあつらえるべく立ち寄った引札屋で出会った女主人・おもんに心惹かれた清蔵はやがて……。鎌倉河岸を舞台に今日もまた、さまざまな人間模様が繰り広げられる——。金座裏の宗五郎親分のもと、政次、亮吉たち若き手先が江戸をところせましと駆け抜ける！　大好評書き下ろしシリーズ第六弾。

時代小説文庫

佐伯泰英

下駄貫の死

鎌倉河岸捕物控

書き下ろし

松坂屋の隠居・松六夫婦たちが湯治旅で上州伊香保へ出立することになった。一行の見送りに戸田川の渡しへ向かった金座裏の宗五郎と手先の政次・亮吉らだったが、そこで暴漢たちに追われた女が刺し殺されるという事件に遭遇する……。金座裏の十代目を政次に継がせようという動きの中、功を焦った手先の下駄貫を凶刃が襲う！　悲しみに包まれた鎌倉河岸に振るわれる、宗五郎の怒りの十手——新展開を見せはじめる好評シリーズ第七弾。

佐伯泰英

異風者《いひゅもん》

書き下ろし

異風者《いひゅもん》——九州人吉《ひとよし》では、妥協を許さぬ反骨の士をこう呼ぶ。人吉藩の下級武士・彦根源二郎は〝異風〟を貫き、剣ひとつで藩内に地位を築いていく。折しも藩は、守旧派と改革派の間に政争が生じていた。守旧派一掃のため江戸へ向かう御側用人・実吉作左ヱ門警護の任についた源二郎だったが、それは長い苦難の始まりでもあった……。幕末から維新を生き抜いた一人の武士の、執念に彩られた人生を描く書き下ろし時代長篇。

時代小説文庫

佐伯泰英
悲愁の剣
長崎絵師通吏辰次郎

長崎代官の季次《すえつぐ》家が抜け荷の罪で没落——。季次家を主家と仰ぎ、今は海外放浪の身にある南蛮絵師・通吏辰次郎《とおりしんじろう》はその報せに接し、急ぎ帰国するが当主・茂智、茂之父子や、茂之の妻であり辰次郎の初恋の人でもあった瑠璃《るり》は、何者かに惨殺されていた。お家再興のため、茂之の遺児・茂嘉を伴って江戸へと赴いた辰次郎に次々と襲いかかる刺客の影！　一連の事件に隠された真相とは……。運命に翻弄される者たちの奏でる哀歌を描く傑作時代長篇。

（解説・細谷正充）

佐伯泰英
白虎の剣
長崎絵師通吏辰次郎

書き下ろし

陰謀によって没落した主家の仇を討った御用絵師・通吏辰次郎《とおりしんじろう》。主家の遺児・茂嘉とともに、江戸より故郷の長崎へ戻った彼は、オランダとの密貿易のために長崎会所から密命を受けたその日に、唐人屋敷内の黄巾党《こうきんとう》なる秘密結社から襲撃される。唐・オランダ・長崎……貿易の権益をめぐって暗躍する者たちと辰次郎との壮絶な死闘が今、始まる！　『悲愁の剣』に続くシリーズ第二弾、待望の書き下ろし。

（解説・細谷正充）